Saar, Ferdinand von; Handachin, Charles Hart; Roedder, Edwin Carl

Die Steinklopfer, von Ferdinand von Saar;

Saar, Ferdinand von; Handachin, Charles Hart; Roedder, Edwin Carl

Die Steinklopfer, von Ferdinand von Saar;

Inktank publishing, 2018

www.inktank-publishing.com

ISBN/EAN: 9783747784129

Die Steinklopfer

von

Ferdinand von Saar

EDITED WITH AN INTRODUCTION, NOTES AND VOCABULARY

BY

CHARLES HART HANDSCHIN, PH.D.

Professor of the German Language and Literature in Miami University

AND

EDWIN CARL ROEDDER, PH.D.

Assistant Professor of German Philology in the University of Wisconsin

NEW YORK

HENRY HOLT AND COMPANY

INTRODUCTION

FERDINAND VON SAAR was born in Vienna, Sept. 30, 1833. His father died when Ferdinand was but five months old, and the boy made his home with his grandfather, Adam von Saar, then Austrian postmaster-general. Ferdinand's was a rather joyless boyhood, and the seriousness of life was early impressed upon him. He received his early training in the common schools and the *Schotten Gymnasium* of his native city, from which latter institution he was graduated at the age of sixteen.

At the wish of his grandfather he now became a cadet in the Austrian army, and after five years of service, was promoted to a lieutenantcy. The following five years were spent in garrison life, at Prague and Wiener-Neustadt. In 1859 outbreaks in the Italian provinces then held by Austria caused his regiment to be called to Italy, where he served throughout the campaign, *i.e.*, from the end of April to the middle of July. After peace had been restored, von Saar resigned his position in the army to devote himself entirely to literary work. Vienna, and later Döblingen, a suburb of Vienna, was chosen as a residence. Here, in beautiful Wien-Döblingen, von Saar lives today (1904), a plain, hearty old man, honored and loved by his countrymen.

Von Saar's earliest literary efforts date back to his teens. From the Austrian poets, Lenau and Anastasius Grün, he received his first inspiration. His friendship with Stephen von Millenkovics, commonly known by his pseudonym, Stephan Milow, a fellow-soldier, confirmed him in his literary aspirations. The authors who influenced him most during his soldier years were, besides the two already mentioned: Shakespeare, Goethe, Heinrich von Kleist, Hebbel, Ludwig, Schiller and Grillparzer, and not to be forgotten, Schopenhauer.

Von Saar's principal works in chronological order are: *Kaiser Heinrich IV.*, a tragedy, 1863–7; *Innocens*, a novel, 1866; *Marianne*, a novelette, 1873; *Die beiden de Witt*, a drama, 1875; *Novellen aus Osterreich*, a collection of novelettes, including *Innocens* and *Marianne*, 1876; *Drei neue Novellen*, 1883; *Schicksale*, novels, 1889; *Wiener Elegieen*, 1893; *Hermann und Dorothea*, an idyl, 1902.

As a dramatist von Saar has produced work of a high literary order, though not well adapted to the requirements of the stage. Thus far only one of his plays (*Die beiden de Witt*) has been presented on the stage. It should be mentioned, however, that for political reasons the production of *Kaiser Heinrich IV.* on the stage was prohibited in Austria. But von Saar's strength lies not in the drama; he excels in the short novel, of which genre he is one of the present-day masters. He may be called the creator of the Austrian short novel. His knowledge of life, especially Austrian life, is profound, and includes all classes of the people, although as a nobleman and a soldier he is most conversant with military and aristocratic circles. As to his language, it has about it a stateliness and a calm dignity rarely found in these days, while his artistic touch is that of a master. Moreover, he has a delicacy of feeling which makes him highly sympathetic. His stories are polished gems, which nowhere bear the marks of the hurry-scurry of our modern life. As a result of the great care bestowed upon his productions, the scope of von Saar's work is comparatively limited.

Die Steinklopfer was written in 1869, but not published until 1873. The novel is significant in the history of German literature in that it is the first *Arbeiternovelle.* It is a beautiful tale of plebeian life, dealing with grim facts and conditions, which do not depress, however, because we see here, even among the lowliest of humanity, pure, throbbing human passions and noble impulses. In it we find von Saar, who stands in general as an exponent of the *Kunststil,* or highly developed classic style of writing, nearing, in a degree, the realistic manner, at this time (1869) coming into vogue. It is interesting to note how well-nigh impossible it is for an author to remain entirely unaffected by the literary tendencies and influences of his time. On the other hand, note the great difference between what might have been called realism thirty-five years ago and the realism of Hauptmann's *Die Weber* (1892), for instance, or a more recent work. C. Viebig's *Das Weiberdorf* (1900).

Not until quite recently has von Saar begun to receive the recognition which his talents merit at the hands of his countrymen. But recognition has come at last, as voiced in the increasing popularity of his writings and in the fact that his native city has this year (1904) voted him an annual honorary stipend of twelve hundred crowns (about $294 in U. S. money, but meaning a great deal more in Austria), as well as in his recent election to the Upper House of the Austrian parliament, an honor not bestowed upon an Austrian author since Grillparzer.

Mr. von Saar has kindly authorized this edition for school purposes in America, for which the editors wish here to acknowledge their thanks.

C. H. H.
E. C. R.

Madison, Wis., Jan. 1905.

Die Steinklopfer

Eine der merkwürdigsten Eisenbahnbauten ist der Schienenweg über den Semmering, einen Teil der norischen Alpen, welcher die Grenzscheide zwischen dem Erzherzogtum Österreich und der grünen Steiermark bildet. Wer in früherer Zeit — heutzutage ist der Eindruck nicht mehr so gewaltig — diese Bahn, die sich längs gähnender Abgründe und schroffer Felswände emporwindet, zum ersten Male befahren hat: der wird, wenn der Zug über schwindelerregende Viadukte donnerte oder plötzlich mit schrillem Pfeifen in die Nacht endlos scheinender Tunnels hinein brauste, jene mit erhabenem Grauen gemischte Bewunderung empfunden haben, welche uns stets überkommt, wenn wir etwas, das wir bisher für unmöglich gehalten, verwirklicht vor uns sehen. Und wenn dann die gekoppelte Wagenreihe, allmählich ebenen Boden erreichend wieder gefahrlos zwischen lachenden Triften forteilte, dann wird er sich voll Stolz, der Sohn eines Jahrhunderts zu sein, das solche Wunderwerke hervorbringt, in seinen Sitz zurückgelehnt und sich mit halb geschlossenen Augen hinüber geträumt haben in die Errungenschaften der Zukunft, welche in der Eröffnung des Suezkanals und dem Durchstich des Mont Cenis noch immer nicht ihre kühnste Betätigung gefunden. An eines aber, das kann man zuversichtlich annehmen, werden die wenigsten gedacht haben: an die Tausende und aber

Tausende von Menschen, welche im Schweiße ihres Angesichtes, allen Fährlichkeiten preisgegeben, Felsen gesprengt, Steinblöcke gewälzt, Abgründe überbrückt und so recht eigentlich jene gepriesene Verkehrsstraße geschaffen, auf welcher man aus der unruhevollen, staubdurchwirbelten Hauptstadt an der Donau fast so rasch wie der Gedanke an den Strand der blauen Adria versetzt werden kann. Von zweien solcher armen Menschen, welche seit jeher, ohne daß ihnen selbst bis jetzt die Segnungen des Fortschrittes zu teil geworden wären, treulich mitgeholfen bei der großen Kulturarbeit der Völker, will ich nun eine kleine Geschichte erzählen. Nicht etwa, um das harte Los dieser Parias der Gesellschaft, die unsre Dome und Paläste, unsere Unterrichtsanstalten und Kunstinstitute bauen, in grellen Farben zu schildern, oder darzutun, welche Rolle der sogenannte fünfte Stand dereinst noch im Laufe der Begebenheiten zu spielen berufen sein dürfte; ein Unternehmen, das der Dichter, wie billig, dem Sozialpolitiker überläßt: sondern nur, um ein schlichtes Lebensbild aus der großen Masse derjenigen festzuhalten, deren Dasein, von schweren körperlichen Mühen überbürdet, im Kampfe um das tägliche Stück Brot meist ungekannt und unbeachtet dahingeht, bis es zuletzt in irgend einem dumpfen Winkel der Erde spurlos endet; nur um zu zeigen, wie Leid und Lust jedes Menschenherz bewegen, und daß sich überall im kleinen abspielt die große Tragödie der Welt. —

Die Bahn über den Semmering war hergestellt. Der

cyklopische Lärm der Arbeit, das Donnern der Sprengschüsse war verhallt, und das zahl- und rastlose Menschengewirr, das sich aus dem entlegenen Böhmen, den mährisch-ungarischen Niederungen, aus dem steinigen Karst und dem gesegneten Friaul hier zusammengefunden hatte, war weiter südwärts gezogen, um dort sein mühevolles Tagewerk fortzusetzen. Das tief in die Wälder hinein verscheuchte Wild kehrte allmählich wieder zurück und wagte sich, wie neugierig, auf den riesigen Höhenpfad, der, noch unbefahren, gleich einer vergessenen Spur menschlicher Tatkraft in dem stillen Frieden des Hochgebirges lag. Nur hier und dort, etwa zwei Wegstunden voneinander entfernt, stand noch eine jener geräumigen Bretterhütten, welche die Nomaden der Arbeit in Scharen bewohnt und bei ihrem Aufbruche wieder niedergerissen hatten. Sie beherbergten eine Anzahl von Zurückgebliebenen und spätern Nachzüglern, welche bestimmt waren, den Oberbau gänzlich zu vollenden. Denn noch galt es, an mancher Stelle Schienen zu legen, Geleise zu beschottern, Telegraphenstangen aufzurichten und Wächterhäuschen auszumauern, an deren Gesimse die zierlichen Schwalben, welche sich tagüber oft in langen Reihen auf den elektrischen Drähten niederließen, bereits ihre Nester geklebt hatten.

Auf der Schwelle einer der erwähnten Hütten, welche sich etwas abseits von der Bahn mit ihrer Rückenwand an schroffe Felsen lehnte, saß eines Sonntagnachmittags eine weibliche Gestalt. Sie war barfuß, hatte um das

Hinterhaupt ein grobes, dunkles Tuch gebunden, und das Antlitz, das daraus hervorsah, war welk und von jener bräunlich fahlen Hautfarbe, welche der Sonnenbrand in blassen Gesichtern zu erzeugen pflegt. Die Stirn wies tiefe Furchen auf, und um den Mund lag ein Zug öder Traurigkeit, was die Sitzende älter erscheinen ließ, als sie sein mochte, und die verkümmerte Mädchenhaftigkeit ihres Leibes seltsam hervorhob. Die Sonne stand nicht mehr hoch; über die meisten Kuppen und Abhänge hatten sich bereits dunkle, schweigende Schatten gelagert. Aber auf dem Wiesengrunde vor der Hütte und in den Wipfeln des seitwärts ansteigenden Waldes blitzte und funkelte noch der helle Strahl, in welchem sich eine Schar von Faltern, Bienen und Libellen über bunten Blumenkelchen tummelte. Die Einsame jedoch achtete nicht der lieblichen Sommerpracht, die sich vor ihr ausbreitete, sondern hielt den Blick unverwandt auf eine schadhafte Männerjacke gerichtet, mit deren Wiederherstellung sie eifrig beschäftigt war. Diese Arbeit schien ihr recht sauer zu werden; denn ihre rauhe, schwielige Hand, welche die Nadel mühsam und ungelenk führte, hatte wohl sonst nur Haue und Schaufel anzufassen. Jetzt wurde sie durch nahende Schritte aufgestört, und als sie das Haupt hob, gewahrte sie, wie vom Bahngeleise her ein Mann auf die Hütte zuschritt, dessen Erscheinung einen kläglichen Anblick darbot. Klein und unansehnlich von Wuchs, trug er einen alten, zerschlissenen Soldatenkittel, welcher, zu lang und zu weit, seinen Körper wunderlich umschlotterte, während ihm eine blaue, abgerissene Feldmütze tief über die Stirn herabfiel. Er wankte im Gehn, obgleich er sich auf einen knorrigen Baumast stützte und der kleine Sack von fadenscheinigem Zwillich, den er über die Schultern gehängt trug, ziemlich inhaltslos aussah. So näherte er sich, scheu und verlegen aus matten, farblosen Augen blickend, der Erwartungsvollen. „Ist das die Hütte Nummer sieben?“ fragte er mit unsicherer Stimme.

„Ja, das ist sie,“ erwiderte die andre in jenem eigentümlichen, hart klingenden Deutsch, wie es im südlichen Böhmen gesprochen wird. „Was willst du?“

„Man hat mich zur Arbeit heraufgeschickt.“ Und dabei wies er einen Zettel vor, den er in der Hand hielt.

Sie betrachtete noch immer seinen seltsamen Aufzug und sein dünnbärtiges Antlitz, das jämmerlich bleich und abgemagert aussah. „Der Aufseher ist nicht zu Hause,“ sagte sie endlich. „Er ist mit den andern nach Schottwien hinunter gegangen zum Wein. Setze dich einstweilen dort nieder, wenn du müd' bist.“ Und mit einem letzten Blick auf sein hinfälliges Wesen nahm sie, ihrer unterbrochenen Arbeit sich besinnend, rasch wieder Nadel und Faden auf.

Der Ankömmling erwiderte nichts, sondern schleppte sich bloß ein paar Schritte seitwärts, wo er sich mit allen Zeichen der Erschöpfung im Grase niederließ. Dort lag er, während die Sonne tiefer und tiefer sank, ihr letztes Gold verschüttend. Lautlose Stille herrschte ringsum; nur hoch im lichten Azur des Abendhimmels kreiste mit lang gedehntem Schrei ein Geier.

Plötzlich erklang in der Ferne ein wüster Männerchor. Die Emsige schrak auf. „Jesus' da sind sie schon,“ sagte sie halblaut zu sich selbst, „und ich habe die Jacke noch nicht fertig.“

Immer näher, immer stärker scholl der Gesang, und es dauerte nicht lange, so kam eine Schar verwildert aussehender Gesellen heran, aus deren Mitte, besser als die andern gekleidet, ein Mann von herkulischem Wuchse emporragte. Er mochte ungefähr fünfzig Jahre zählen; sein breites, aufgedunsenes Gesicht war vom Weine gerötet, und der Strohhut, der ihm tief im kurzen Genick saß, ließ graue, verworrene Haare sehen. Er hatte seinen Rock ausgezogen und über die linke Achsel geworfen; in der rechten Hand, die feist und stämmig aus dem losen Hemdärmel hervorsah, trug er einen großen Korb, welcher Lebensmittel aller Art enthielt. Zwei von den übrigen trugen schwere, mit Kartoffeln gefüllte Säcke auf dem Rücken. „Heda! Tertschka!“ rief der Mann mit dem Korbe in heiserm Tone; „mach Licht drinnen, daß wir den Proviant in den Keller schaffen können.“ Und da er jetzt vor ihr stand und ihm die Jacke, die sie ängstlich an sich drückte, in die Augen fiel, fragte er barsch: „Nun, ist sie fertig?“

„Noch nicht ganz,“ war die zaghafte Antwort.

„Was? Nicht?“ kreischte er und sein Gesicht wurde blaurot. „Hab’ ich dir nicht gesagt, daß ich sie morgen brauche?“

„Ich hab’ mich den ganzen Nachmittag damit geplagt. Aber ich kann’s nicht so schnell machen wie eine, die das Nähen gelernt hat.“

Der stille, aber feste Ton, in welchem diese Worte gesprochen wurden, schien ihn noch mehr zu reizen. „Du weißt immer etwas zu erwidern!“ schrie er. „Aber ich sage dir nur, wenn ich die Jacke morgen früh nicht habe, so gib acht, was dir geschieht!“ Und er drang, den Korb zu Boden stellend, auf die Zurückweichende ein, als wollte er schon jetzt seine Drohung zur Wahrheit werden lassen. Dabei fiel sein Blick auf die Gestalt im Soldatenkittel, die sich inzwischen furchtsam genähert hatte. „Wer ist *der* da?“ fragte der Wütende, indem er die erhobene Hand sinken ließ.

„Er ist zur Arbeit hergewiesen,“ sagte Tertschka, schwer atmend.

Der Aufseher — denn er war es — trat mit der ganzen Wucht seines vierschrötigen Wesens vor den Kleinen hin und musterte ihn von oben bis unten. „Zur Arbeit? Der Kerl kann ja kaum auf den Füßen stehn!“

„Ich hab’ einen weiten Weg gemacht,“ sagte der andre schüchtern. „Vom Ottertal herüber.“

„Das ist auch was!“ höhnte der Aufseher, indem er beim Schein des Zwielichtes in den Zettel sah, der ihm mit bebender Hand überreicht wurde. „Huber nennst du dich?“ fragte er nach einer Pause, aufblickend.

„Ja, Georg Huber."

„Wie kommst du zu dem Soldatengewand?"

„Ich bin Urlauber."

„Was? Du hast beim Militär gedient?"

„Sieben Jahre; im zwölften Regiment. Jetzt aber haben sie mich heimgeschickt, weil ich das böse Fieber nicht loskriegen kann, das ich mir bei der Belagerung von Venedig geholt."

„So, das Fieber hast du auch? Was die in der Baukanzlei für Leute aufnehmen! Lauter Krüppel, die man nur zum Steineklopfen verwenden kann; und da wundern sie sich, daß es nicht vorwärts geht. Aber merk dir's, du," fügte er mit einer drohenden Handbewegung bei, „wenn du nicht täglich deine zwei Fuhren Schotter zuwege bringst, so jag' ich dich fort! Hier ist kein Spital." Und damit langte er wieder nach dem Korbe und ging, während die andern folgten, in die Hütte, wo er an der Hinterwand eine mit Eisen beschlagene Tür aufschloß. Diese führte in eine Höhlung, welche mehrere Stufen tief in den Felsen gesprengt war und als Keller benutzt wurde. Tertschka leuchtete mit dem Kienspane, den sie von einem weitläufigen Herde genommen und angezündet hatte, voran, und die Lebensmittel wurden versorgt. Hierauf schloß der Aufseher die Tür wieder hinter sich ab und zog sich in eine Art Verschlag zurück; die übrigen aber streckten sich, untereinander kauderwelschend und ohne ihren neuen Kameraden zu beachten, längs der Seitenwand auf eine Schütte alten Strohes zur Nachtruhe hin. Georg stand noch immer scheu und verlegen unweit des Einganges; endlich trat Tertschka an ihn heran. „Geh schlafen,“ sagte sie und deutete mit der Hand nach einer leeren Stelle des gemeinschaftlichen Lagers. Er folgte ihrem Winke, ängstlich bedacht, so wenig Raum als möglich einzunehmen; schob seinen Quersack unter den Kopf, breitete den abgelegten Kittel gleich einer Decke über sich und schlief mit einem tiefen Seufzer ein. Tertschka aber zündete noch eine kleine Öllampe an und begann, am Herde niedergekauert, wieder emsig zu nähen. Endlich ließ sie die Nadel sinken und unterzog die Jacke einer genauen Prüfung. Dann blies sie, mit der vollbrachten Arbeit zufrieden, das qualmende Flämmchen aus und legte sich, angekleidet, wie sie war, in einem Winkel neben dem Herde nieder. —

Draußen duftete die blaue Sommernacht, und zur Dachlucke der Hütte herein in den dunkeln, vom Atemgeräusch der Schlafenden durchzogenen Raum sahen die zitternden Sterne.

Der Morgen dämmerte kaum, als es in der Hütte lebendig wurde und Georg aus dem Schlafe erwachte. Er sah, wie die Männer nach und nach das dürftige Lager verließen, allerlei Werkzeug ergriffen, das rings an den Wänden lehnte, und damit aus der Tür gingen. Er hatte sich gleichfalls erhoben, war in seinen Kittel geschlüpft und stand unschlüssig und erwartungsvoll da, als sich Tertschka, einen schweren Hammer mit langem Stiel auf der Schulter, ihm näherte. „Der Aufseher schläft noch," sagte sie. „Aber ich weiß, was du zu tun hast. Nimm den Hammer dort; wenn du willst, kannst du mit mir an die Arbeit gehn." Er tat, wie sie ihn hieß und trat mit ihr hinaus in die Frühe. Draußen war es kühl und still; nur hier und dort zwitscherte ein Vogel, und auf der Wiese lag der helle Tau. Sie gingen schweigend an das Bahngeleise und längs desselben noch eine Strecke hinauf bis zu einem verödeten Steinbruch, wo sich bereits einige andre Arbeiter eingefunden hatten, während die übrigen, mit Karren und Schaufeln ausgerüstet, an der Bahn verteilt waren. Tertschka schritt mit Georg an den Männern vorüber zu einer höher gelegenen flachen Mulde hinan. „Das ist mein Platz," sagte sie, indem sie sich mitten unter Bruchsteinen und Geröll auf den Boden niederließ. „Ich bin nicht gern bei denen dort. Sie sind ein wüstes, hämisches Volk. Aber du kannst bei mir bleiben, wenn es dir recht ist." Er erwiderte nichts und setzte sich still neben sie. „Siehst du, diese Trümmer müssen in kleine Stücke zerschlagen werden. Das dort," setzte sie hinzu und deutete mit der Hand auf einen kleinen Berg voll angehäuftem Schotter, „das habe ich in dieser Woche zu stande gebracht." Er zog einen größern Kalkstein an sich heran und schlug mit dem Hammer darauf. Der Stein blieb ganz. „Stärker!" rief Tertschka und führte nun selbst einen Streich, daß die Stücke umherflogen. Er sah sie verwundert an und erprobte noch einmal seine Kraft. Diesmal mit besserm Erfolg, und so begannen die beiden, ohne mehr ein Wort zu wechseln, ihr Tagwerk. Der Ort, wo sie saßen, erschloß eine prachtvolle Fernsicht über die mächtigen Hebungen und Senkungen der weithin ausgebreiteten Gebirgsnatur. Hart an der Bahn und in gleicher Höhe mit ihr klebte die Burgruine Klamm wie ein Geiernest an einer bewaldeten Felsenzacke; tief unten in einer engen Talschlucht, lang gestreckt und mit rötlichen Dächern, lag der Markt Schottwien. Dahinter ragte dunkel der Sonnwendstein auf, und von den grünen Matten an seinem Fuße herüber schimmerte, mit Bäumen umpflanzt, das freundliche Kirchlein, „Maria Schutz" genannt. Aber die Emsigen hatten kein Auge für das herrliche Bild; sie hämmerten und klopften, in dumpfem Eifer tief zur Erde hinab gebeugt. Höher und höher stieg die Sonne und brannte schon heiß und sengend auf den Scheitel nieder. Die Schläge Georgs wurden immer schwächer, immer langsamer; endlich ließ er den Hammer sinken, lüftete die Mütze und trocknete sich den Schweiß ab, der in hellen Tropfen über sein Antlitz rann. Auch Tertschka hielt inne. „Bist du schon müd'?" fragte sie, indem sie ihn teilnehmend ansah.

„Weiß Gott, das bin ich," antwortete er mit tonloser Stimme. „Jetzt spür' ich erst, wie arg mich das Fieber heruntergebracht hat."

„Wie hast du auch da heraufkommen können, krank und hinfällig, wie du bist?" fuhr sie fort.

„Was hätt' ich andres tun sollen? Betteln vielleicht?

Das vermag ich nicht. Handwerk hab' ich keins gelernt. Vater und Mutter sind mir früh gestorben, und da hab' ich im Ort die Gänse hüten müssen und später die Kühe — bis in mein achtzehntes Jahr. Denn ich war immer an Kraft zurück, und kein Bauer hat mich als Knecht nehmen mögen. Aber den Herren von der Assentierung war ich doch recht. „Im zweiten Glied kann er mitlaufen," meinten sie und haben mir den weißen Rock angezogen. Und nun hat man mich krank und elend nach Hause geschickt. Eine Zeitlang wurd' ich von der Gemeinde erhalten; dann hieß es, ich solle gehn und Steine klopfen. Nun — und jetzt klopf' ich sie," schloß er mit bitterm Lächeln, während er wieder nach dem Hammer griff.

Sie hatte schweigend das Haupt gesenkt. „Aber du wirst es nicht aushalten," sagte sie still.

„Vielleicht doch; wenn ich nur wieder zu essen habe. Es ist mir recht schlecht gegangen in den letzten Tagen, und seit gestern früh hab' ich nicht einen Bissen über die Lippen gebracht."

Sie antwortete nichts und zog langsam ein Stück schwarzen Brotes hervor, das in ihre Schürze gewickelt war, brach es in zwei ungleiche Teile und reichte ihm den größern hin. „Iß," sagte sie.

Er warf einen scheuen Blick auf das Gebotene. „Das ist dein Brot," erwiderte er leise und abwehrend.

„Das tut nichts; ich hab' an dem da genug." Und da er noch immer keine Miene machte, es zu nehmen, so legte sie es dicht an seine Seite auf den Boden nieder. „Du wirst auch durstig sein," fuhr sie fort. „Ich will dir einen Trunk Wasser holen; dort oben fließt eine Quelle." Und damit stand sie auf, bückte sich nach einem Krüglein, das halb zerscherbt zwischen dem Geröll lag, und stieg bis zum Tannicht oberhalb des Steinbruchs hinauf, wo ein dünner Wasserstrahl unter dunkelm Moose hervorrieselte. Sie füllte das Krüglein, trank, füllte es wieder und kehrte zurück. Das Brot lag noch immer unberührt neben Georg. Aber das Wasser nahm er. „Ich danke dir," sagte er innig, nachdem er getrunken hatte.

„Weshalb? Ich tu's ja gern. — Aber jetzt iß," fuhr sie, sich wieder setzend, mit sanftem Drängen fort. „Von mir kannst du's schon nehmen."

Er langte verschämt nach dem Brote. „Du hast gewiß im Leben auch schon viel Not gelitten, weil du so gut bist," sagte er, indem er, ohne sie anzusehen, ein Stückchen wegbrach.

„Ja, das hab' ich. Und ich spür' auch jetzt noch oft genug, wie weh der Hunger tut."

Es war, als blieb ihm der Bissen im Halse stecken. „Auch jetzt noch?" fragte er endlich. „Wird denn die Arbeit gar so schlecht bezahlt?"

„Mir wird sie gar nicht bezahlt."

„Was? Du bekommst keinen Taglohn?"

„Nein; den behält der Aufseher."

„Der Aufseher?"

„Er ist mein Stiefvater."

„Dein Stiefvater —" wiederholte er, noch immer ganz gedankenlos vor Erstaunen.

„Ja; mein rechter ist bei der Arbeit verunglückt, als ich noch klein war; abstürzende Erde hat ihn verschüttet. Dann ist die Mutter bei dem Aufseher geblieben, der damals, wie mein Vater, Deichgräber war und mit ihm in Böhmen umherzog."

„Also aus Böhmen bist du? Darum red'st du auch so fremd und hast einen so seltsamen Namen. Ter — ich kann ihn gar nicht nachsagen."

„Tertschka," ergänzte sie. „Deutsch heißt es Therese."

„Hier zu Land würden sie dich Resi nennen. — „Aber," fuhr er fort, „wenn dein Stiefvater deinen Lohn behält, so muß er dir doch zu essen geben."

„Gerade so viel, daß ich nicht verhungere. Du glaubst nicht, wie geizig er ist. Sich selber läßt er's freilich wohl geschehen, und es vergeht fast kein Tag, an dem er sich nicht betrinkt. Aber den andern gönnt er das Wasser nicht, wenn sie es ihm nicht bezahlen, und um ihn her könnt' alles verhungern, eh' er aus freien Stücken die Hand auftät'. So muß ich mich mit dem begnügen, was am Herd abfällt, und dabei behält er, wie gesagt, meinen Lohn und obendrein die vierzig Gulden in Silberstücken, die mir meine Mutter hinterlassen hat. Doch das wär' alles noch das Schlimmste nicht. Aber er ist auch ein boshafter, wilder Mensch, der mich oft schlägt. Du hast gestern gesehen, wie er mich wegen der Jacke anließ."

„Ja, das habe ich gesehen."

„Und so war er auch stets mit meiner armen Mutter. Ich laß mir's nicht nehmen, daß sie die Schwindsucht, an der sie gestorben ist, von einem Schlage bekam, den er ihr einst im Zorn und Rausch vor die Brust versetzt hat."

Sie schwieg, in traurige Erinnerungen verloren. Endlich sagte Georg: „Wenn dich dein Stiefvater gar so übel behandelt, warum bleibst du bei ihm?"

„Weil ich weiß, daß er mich nicht fort ließe," antwortete sie nach einer Pause. „Er braucht ein so armes, hilfloses Ding um sich, daß er ungestraft quälen und martern kann. Denn er ist im Innersten feig, wenn er auch oft grimmig und wütend wird. — Und wohin sollt' ich gehn?" setzte sie mit einem Seufzer hinzu. „Es ist überall nicht gut in der Welt." Sie hatte bei diesen Worten wieder ihren Hammer ergriffen; Georg, etwas gestärkt, tat desgleichen, und bald waren sie neuerdings in ihre harte Arbeit vertieft.

So verann Stunde um Stunde und die Mittagshitze lagerte sich glühend über Berg und Tal. Weithin regte sich nichts; nur der eintönige Fall der Hämmer war in der Stille zu hören und der Ruf des Spechtes. Von Zeit zu Zeit stimmten die Männer längs der Bahn einen kurzen, rauhen Gesang an.

Plötzlich ertönte der schrille Laut einer Glocke. „Was

ist das?" fragte Georg, der sah, daß die andern ihre Werkzeuge hinlegten und auf die Hütte zuschritten.

„Der Aufseher hat zum Essen geläutet," erwiderte Tertschka.

„Zum Essen —" wiederholte er matt. „Und was gibt es denn bei euch?"

„Heidegrütze und Kartoffeln. Heute wird auch Schweinefleisch sein; denn das haben sie gestern mitgebracht."

„Es ist schon lange, daß ich kein Fleisch mehr gegessen habe," sagte er nachdenklich. „Aber wer kocht denn das alles?"

„Der Aufseher; denn der traut keinem von uns. Auch hat er eine Lust, am Herd zu stehn. Um die Arbeit kümmert er sich wenig und läßt es gehn, wie's geht. Nur zuweilen kommt er einmal nachsehen, und dann flucht und wettert er; freilich am meisten mit solchen, die nicht den Mut haben, etwas zu erwidern. — Aber laß dir raten, und iß auch heute kein Fleisch, du hast das Fieber; es könnte dir schaden. Denn er hat kein Gewissen und nimmt dem Metzger in Schottwien die schlechte, verdorbene Ware ab, und da er's bei der Bauleitung durchgesetzt hat, daß jeder, was er zum Leben braucht, bei ihm kaufen muß, so schlägt er alles teuer genug los und hat seinen sündhaften Gewinn dabei."

„Mit dem Fleisch hat es bei mir keine Gefahr," sagte Georg bitter. „Denn da ich kein Geld habe, kann ich mir auch keins kaufen."

„Je nun, er würde dir schon borgen bis Sonntag, wo der Lohn ausbezahlt wird. Aber weh' dir, wenn er dich einmal auf der Kreide hat! Nicht allein, daß er dir alles doppelt anrechnet: er zwingt dich auch mit ihm zu zechen und Karten zu spielen, damit er dich ganz in die Klauen bekommt. Dann siehst du von dem Deinigen keinen Kreuzer mehr und bleibst ihm verfallen wie die arme Seele dem Teufel."

Er hatte ängstlich zugehört. „Aber wie stell' ich es an bis Samstag zu leben," sagte er kleinlaut. „Heut' ist erst Mittwoch. Wenn ich nichts von ihm auf Borg nehmen darf, so muß ich verhungern."

Sie hatte sich schon früher am Saume ihres Rockes zu schaffen gemacht und einen kleinen Teil der Naht aufgetrennt. Jetzt zog sie ein zusammengewickeltes Stückchen Papier daraus hervor und entfaltete dasselbe. Es war eines jener Banknotenfragmente, welche damals in Österreich unter dem Namen „Viertel" in Umlauf waren und die mangelnde Scheidemünze ersetzen mußten. Sie reichte es Georg hin. „Nimm," sagte sie; das langt bis Samstag, wenn du recht sparsam bist. Du kannst es mir allwöchentlich kleinweise von deinem Lohn zurückgeben."

Er blickte sprachlos auf das abgegriffene Zettelchen in ihrer Hand. Überraschung, Rührung und verschämte Freude malten sich wundersam in seinem Antlitz. Er war wie betäubt und regte sich nicht.

„Es ist mein einziges," fuhr sie treuherzig fort.

„Unser Ingenieur hat mir's geschenkt, als er im vorigen Monat hier war. Er hatte eines seiner Instrumente in der nächsten Hütte vergessen, und das mußt' ich ihm holen. Aber du tust mir einen Gefallen, wenn du das Geld nimmst. Ich fürcht' immer, ich könnt' es verlieren; deshalb hab' ich's auch in meinen Rock eingenäht. Wenn der Aufseher darum wüßte, hätt' er mir's längst abgefordert." Und damit legte sie es in seine Hand. „Aber jetzt komm und laß uns zum Essen gehn. Vergiß nicht, was ich dir wegen des Fleisches gesagt habe, und begnüg' dich mit dem übrigen. Das Mehl ist zwar auch meistens dumpfig; aber gestern haben sie frische Kartoffeln gebracht. Und abends kannst du dir ein Glas Branntwein gönnen; das wird dir gut tun." Er stand auf und folgte ihr schweigend. Nach einigen Schritten blieb er stehn und blickte ihr tief in die sanften, braunen Augen. „Wie soll ich dir's vergelten, Tertschka," sprach er mit zitternder Stimme. „So gut und lieb wie du war noch kein Mensch mit mir."

„Ach was," erwiderte sie; „man muß sich gegenseitig helfen in der Welt. Und dann — du bist ja auch gut. Das hab' ich dir gleich gestern angesehen, als du kamst."

Sie hatten die Hütte erreicht. Drinnen umlagerten die andern, aus schadhaften Näpfen essend, bereits den Herd, an welchem der Aufseher stand, die Ärmel aufgekrämpelt und mit vorgebundener Schürze. Er war eben im Begriffe, ein mächtiges Bratenstück anzuschneiden, dessen brenzlicher Duft den Eintretenden entgegenschlug und Georg einen unwillkürlichen Seufzer entlockte. Auch die übrigen blickten gierig nach dem fetttriefenden Fleische und nahmen der Reihe nach ein Stück davon in Empfang, das sie von der Faust weg verzehrten. Einige legten Geld dafür nieder; bei den meisten jedoch machte der Aufseher ein Zeichen in ein kleines Büchlein. Georg hatte von Tertschka einen Napf erhalten; damit näherte er sich nun dem Herde. Der Aufseher sah ihn befremdet an. Endlich entsann er sich. „Aha, der Knirps von gestern!“ rief er. „Nun, hast du etwas gearbeitet?“

„Ja; Steine hab' ich zerschlagen.“

„Und nun hast du Lust zu essen. Was willst du?“

„Ich möcht' Euch um Grütze und Kartoffeln bitten.“

Der Aufseher tat ihm das Verlangte in den Napf und nahm das Papier in Empfang, das ihm Georg hinreichte. „Du wirst doch auch ein Stück Braten wollen,“ sagte er dann.

Das war nun eine gewaltige Versuchung für den Armen. Aber er gedachte der Warnung Tertschkas und erwiderte, während der andre schon das Messer ansetzte: „Nein, ich esse kein Fleisch.“

„Was? Bist du ein Knicker? Bei deinem verhungerten Aussehen solltest du froh sein, etwas Ordentliches in den Leib zu kriegen.“

„Er hat das Fieber; das fette Fleisch könnt' ihm übel bekommen,“ sagte Tertschka hinzutretend; denn sie fühlte, daß es dieser barschen Aufdringlichkeit gegenüber die Willenskraft Georgs zu stützen galt.

„Halt dein Maul!“ schrie der Mann. „Wer hat dir gesagt, was ihm wohl oder übel bekommt? Misch dich nicht in Dinge, die dich nichts angehn!“ Und zu Georg gewendet, fuhr er fort: „Also *willst* du, oder willst du nicht?“

Diese Worte klangen wie ein Befehl, das lockende Gericht nicht zurückzuweisen. Aber der Schüchterne nahm all seinen Mut zusammen und erwiderte: „Sie hat recht; ich darf das Fleisch nicht essen.“

„Nun, so laß es sein!“ schrie der andre giftig, indem er das Messer beiseite warf. „Bitten werd' ich dich nicht.“ Und da Georg vor ihm stehn blieb, fragte er: „Auf was wartest du noch?“

„Ihr sollt mir herausgeben,“ antwortete jener stockend.

„Ja, ja, ja!“ rief der Aufseher. „Glaubst du, ich werde die lumpigen paar Kreuzer behalten?“ Und damit warf er ihm den Rest in Kupfermünze hin und drehte ihm verächtlich den Rücken. Georg, den Napf in der einen Hand, las mit der andern mühsam die umher rollenden Geldstücke auf; dann setzte er sich in einen Winkel und begann sein karges Mahl zu verzehren, das mittlerweile schon ziemlich kalt geworden war. Er sah dabei, wie der Aufseher eine grünliche Flasche ergriff und einigen Verlangenden Branntwein in ein kleines Glas goß, welches, geleert und wieder gefüllt, von Mund zu Mund wanderte. Er aber vertröstete sich auf den Abend, den Worten Tertschkas gemäß, welche inzwischen, dürftig genug, ebenfalls Mittag gehalten hatte und nun auf einen Wink des Stiefvaters daran ging, das Kochgeschirr zu scheuern. Die andern lagerten sich draußen im Schatten der Hütte, um den Rest der Ruhestunde zu verschlafen. Der Aufseher jedoch nahm eine kleine Pfanne vom Herde, in welcher sich ein lecker zubereitetes Huhn befand, und stellte sie nebst Teller und Eßzeug und einer Flasche Wein auf den nahen Tisch. Als er sich eben anschicken wollte, behaglich zu schmausen, fiel sein Blick auf Georg, welcher, den leeren Napf zwischen den Knieen, still überlegte, ob er nicht Tertschka beim Scheuern helfen sollte, wovon ihn eine geheime Scheu vor dem grimmigen Manne abhielt. „Was sitzt du da und gaffst?" schrie jetzt dieser. „Pack dich hinaus zu den andern! Ich brauch' hier keinen Spion, der mir den Bissen vom Maul wegguckt!" Georg schrak empor, schlich aus der Hütte und legte sich draußen auf den sonnigen Boden nieder, da er im Schatten keinen Platz mehr fand. Nach einer Weile ließ der Aufseher wieder die Glocke zur Arbeit erschallen; er selbst begab sich in seinen Verschlag, um nun auch Siesta zu halten. Die Männer reckten und dehnten sich und folgten nur zögernd dem Rufe; einige drehten sich sogar auf die andre Seite und schliefen fort. Georg aber schritt mit Tertschka wieder zum Steinbruch hinan, wo sie, bis der Abend sank, ihrer harten Pflicht oblagen. Und auch in den Tagen, die nun folgten, saßen sie nebeneinander. Denn die Kräfte Georgs hoben sich wirklich; die bitterste Not war ja vorüber, zudem schien der frische Hauch der Gebirgsluft heilend auf seinen fiebersiechen Körper zu wirken. Er schwang den Hammer schon ganz rüstig und erzählte dabei der armen Genossin allerlei aus seinen Militärjahren. Es waren freilich keine muntern Abenteuer und kecken Soldatenstreiche, was er vorbrachte; bei seinem scheuen und in sich selbst gedrückten Wesen hatte er ja nur die Schattenseiten eines Standes kennen gelernt, der so manchen andern den heitersten Genuß des Daseins eröffnet. So konnte er nur berichten von den Leiden der Rekrutenzeit, welche ihm die unerbittliche Korporalsfaust zur Hölle gemacht; von langem Schildwachstehn im Schnee; von beschwerlichen Märschen und nächtlichen Kampierungen im Regen, Sturm — und vor allem, wie er bei der Belagerung Venedigs mit seinem Regimente vor dem Fort Malghera gestanden und dort ihrer Hunderte in der faulen Sumpfluft vom Typhus und von der Cholera hinweggerafft wurden. Tertschka hörte still zu. Vieles faßte sie nur halb oder gar nicht; denn die Dinge, von denen er sprach, hatten ja stets so fremd, so fern ab von ihr gelegen, und vollends von einer Stadt, die mitten im Wasser erbaut sei, konnte sie sich keinen Begriff machen; wie ihr denn auch bei dem Worte „Meer“ nichts als eine undeutlich schimmernde Wolke vorschwebte. Aber sie fühlte heraus, wie schlecht es Georg all seiner Tage ergangen sei, und erzählte hinwieder auch, was ihr Trübes und Trauriges aus ihrem trüben, einförmigen Dasein in der Erinnerung geblieben war. So trösteten sie sich unbewußt gegenseitig, und es tat ihnen wohl, daß sie jeden Morgen, die Hämmer auf der Schulter, zum Steinbruch hinansteigen und die langen, sonnigen Tage nebeneinander verbringen konnten, wobei sie oft den Ruf der Glocke überhörten oder darob erschraken, weil er sie aus ihrer wehmütig trauten Einsamkeit in die wüste Gemeinschaft der Hütte zurücktrieb. —

Aber nicht lange sollte die Zeit dauern, wo sich die beiden in lang erduldeter Not und still entsagendem Kummer, wie andre in Lust und Fröhlichkeit und drängender Lebensfülle, immer inniger zusammenfanden. Sei es, daß der Aufseher durch die andern Arbeiter von ihrem Einvernehmen übelwollende Kunde erhalten; sei es, daß er es mit dem Instinkte der Bosheit von sich selbst erraten hatte — genug: er stand eines Tages hinter ihnen: „Was hockt ihr da beieinander wie die Kröten?“ schrie er, während sie erschrocken aufsahen. „Marsch, du Hungerleider, zu deinen Kameraden, wo du hingehörst!“ Und damit streckte er gebieterisch die Hand gegen den untern Teil des Steinbruchs aus. „Und du, heimtückisches Aas,“ wandte er sich zu Tertschka, während Georg betroffen und sprachlos dem Befehl Folge leistete, „mir scheint, du hältst es mit dem elenden Krüppel da? Wart', das will ich dir austreiben! Wenn ich euch noch einmal beisammen seh', so ist der

Kerl die längste Zeit hier gewesen, und du erblickst mir kein Tageslicht mehr!" —

So wurden sie rauh und plötzlich auseinander gerissen. Georg mußte in den nächsten Tagen unten am Bahngeleise arbeiten, und wenn sie um die Mittagstunde oder nach Sonnenuntergang in der Hütte zusammentrafen, so wagten sie kaum sich anzusehen, geschweige nur ein Wort miteinander zu reden. Denn der Aufseher behielt sie scharf im Auge, und auch die andern schienen mit stumpfer Schadenfreude über ihnen zu wachen.

Eines Abends jedoch — es war Samstag — hatte sich der Aufseher mit einigen Zechgenossen in die Schenke einer nahen Ortschaft begeben, indes die Zurückgebliebenen, wie gewöhnlich, den eben erhaltenen Wochenlohn an ein Spiel Karten wagten, dessen beschmutzte Blätter in ihren Händen die Runde machten. Während es dabei immer wüster und lärmender herging, faßte Georg Mut, sich verstohlen Tertschka zu nähern, die in ihrem Schlafwinkel auf einer alten Kiste saß, das Haupt auf die Hände gestützt. „Tertschka," sagte er leise, indem er ein kleines ledernes Beutelchen aus der Tasche zog, „hier ist das Letzte von dem Gelde, das ich dir schuldig bin." Und damit legte er sachte einige Kreuzer in ihren Schoß.

„Ach, laß es," erwiderte sie; „du wirst es noch brauchen."

„Wozu sollt' ich's brauchen?" fuhr er niedergeschlagen

fort. „Ich habe keine Freude mehr auf der Welt, seit ich nicht mehr mit dir arbeiten kann."

„Ich auch nicht," sagte sie leise.

„Weshalb er uns nur auseinander gejagt hat?" begann er nach einer Weile. „Ihm könnt' es doch eins sein, ob wir beisammen sitzen oder nicht; wenn wir nur unser Tagwerk ordentlich verrichten."

Sie blickte vor sich hin. „Er ist ein böser Mensch," sagte sie endlich, „der nicht sehen kann, daß es einem andern wohl ist, und jeden gern um sein Liebstes bringt. So will er mich auch niemals in die Kirche gehn lassen. Und ich kann doch nur beten, wenn ich vor dem Altar knie. Er freilich kennt keinen Herrgott und hat auch schon die Mutter immer gescholten, weil sie Sonntags nie die Messe versäumen wollte und mich immer mit sich nahm. Aber morgen geh' ich nach Schottwien hinunter; er soll sich anstellen wie er will. Denn ich mag nicht ganz zur Heidin werden unter dem Volk, das nur ans Trinken und Kartenspielen denkt." Sie war bei diesen Worten aufgestanden, hatte den Deckel der Kiste zurückgeschlagen und holte eine wollene Jacke, einen Rock von Kattun und ein Paar schwerer Schuhe hervor. Dann noch ein verschossenes rotes Halstuch und einen alten Rosenkranz mit einem Kreuzlein von Messing daran; welche Gegenstände sie samt und sonders auf dem wieder herabgelassenen Deckel sorglich zurecht legte.

Georg sah ihr zu. „Ich bin auch schon lang in keiner

Kirche mehr gewesen," sagte er jetzt. „Wie schön wär' es, wenn ich morgen mit dir gehn könnte."

„Ja, es wäre schön; aber es kann nicht sein."

„Je nun," fuhr er fort, „der Aufseher müßt' es gerade nicht merken. Wir gingen ein jedes für sich allein fort, und wir fänden uns erst unten wo zusammen."

Sie dachte nach. „Du hast recht; so wär' es möglich. Aber du müßtest lange vor mir aufbrechen. Gleich links von der Hütte führt ein schmaler versteckter Steig ins Tal hinab; unten steht ein hölzernes Kreuz — dort könntest du mich erwarten. Aber jetzt geh," setzte sie ängstlich dringend hinzu, „damit die andern nicht merken, daß wir miteinander gesprochen haben."

Und so ging er und suchte das harte Lager auf, wo er mitten unter dem lauten Gezänk der Spielenden in froher Erwartung des kommenden Tages sanft einschlief. —

Am andern Morgen funkelte die Welt in hellem Sonnenglanze, als Georg den steilen Fußpfad hinabstieg, welchen ihm Tertschka bezeichnet hatte. Er lugte dabei nach dem Kreuz im Tale aus und gewahrte bald, wie es morsch und windschief aus jungen Fichtenschößlingen hervorsah. Nun hatte er es erreicht und setzte sich, da es noch früh war, auf den bemoosten Steinblock, der gleichsam als Betschemel davor lag. Tiefes, sonntägliches Schweigen umgab ihn; selbst die Bienen über den Gentianen, die hier in reicher Zahl ihre dunkelblauen Kelche erschlossen, schienen nicht zu summen. Georg kam ein unwillkürliches Lauschen an, und wie er so recht in die Stille hinein horchte, da ward es ihm, als vernähm' er ein leises, feierliches Gewoge von Glockentönen in der Luft. Nach und nach aber stellte sich die Ungeduld des Erwartens ein. Er erhob sich, schritt auf und nieder und pflückte einige Gentianen; auch weiße und gelbe Blumen, die hier und dort wucherten. „Die will ich der Tertschka geben, wenn sie kommt," sagte er zu sich selbst, indem er auf den unbeabsichtigten Strauß sah, den er nun in der Hand hielt. Dann brach er noch ein langes Farnkraut ab und steckte es an seine Mütze, wo es sich hin- und herschwankend gleich einer Schwungfeder ausnahm. Endlich gewahrte er auf der Höhe ein flatterndes Gewand, und bald war Tertschka bei ihm, welcher er bis zur Hälfte des Steiges hinauf entgegengeeilt war. „Da bin ich," sagte sie, rasch atmend. „Er hat mich diesmal ohne viel Worte gehn lassen." Georg stand vor ihr und sah sie an. Sie hatte heute ihr Kopftuch abgelegt, trug das schlichte Haar frei gescheitelt, und ihr Antlitz wurde von dem verblichenen Rot des Halstuches sanft umleuchtet. Auch die dunkle Jacke, die freilich viel zu weit war, und der helle Kattunrock ließen ihr so übel nicht. „Wie schön du heut' aussiehst!" sagte er endlich. Sie schlug erglühend die Augen nieder. „Ich hab' das alles noch von meiner seligen Mutter," erwiderte sie, indem sie den bauschenden Rock zurecht drückte. „Ich trag' es so selten, und da hält es sich." „Da hast du Blumen," fuhr Georg fort; „ich hab' sie unterdessen gepflückt." Sie nahm den

Strauß, den er früher halb hinter sich verborgen hatte, und wollte ihn vor die Brust stecken. Aber er war zu groß, und sie behielt ihn in der Hand, um welche sie den Rosenkranz gewunden hatte. So schritten die beiden durch die grünen Gefilde und an schmalen Äckern vorüber, wo das Korn bereits geschnitten und aufgehäuft lag, bis sie den Markt Schottwien erreicht hatten. Dort trafen sie alles in Bewegung. Denn es war eben Kirchtag, und die lange, breite Gasse, aus welcher der Ort besteht, wimmelte von festlich gekleideten Menschen und leichtem Fuhrwerk. Vor der Kirche aber hatte man Bretterbuden aufgeschlagen, und dort war eine Menge der verschiedenartigsten Dinge bunt nebeneinander zum Verkauf ausgelegt. Tücher, Tabakspfeifen, Messer, Glasperlen und Wachskorallen; allerlei Kochgeschirr, Pfefferkuchen und Spielzeug für Kinder. Sie blieben eine Weile bewundernd vor all diesen Herrlichkeiten stehn, und Georg bekam Lust, eine Pfeife zu kaufen. Als er noch Soldat war, hatte er geraucht; später, in seinem Elend, hatte er's aufgeben müssen; nun aber, da er sein Brot erwarb und weder trank noch spielte wie die andern, konnte er sich diesen Genuß wohl wieder gönnen. Er teilte seine Absicht Tertschka mit, und diese sprach ihm zu, er möge nur handeleins werden, sie selbst werde unterdessen langsam vorausgehn. „In der Ortskirche sind zu viele Menschen,“ sagte sie. „Eine halbe Wegstunde außerhalb des Marktes liegt eine kleine, einsame Kirche; in der bin ich schon einmal gewesen, und will auch heute wieder hineingehn.“ Sie meinte damit „Maria Schutz“ am Fuße des Sonnwendsteins. Georg drängte sich durch eine Gruppe von Gaffern und Feilschenden und erstand eine hübsche Porzellanpfeife mit bunten Troddeln. Dabei fiel ihm ein funkelnder Schmuck von gelben Glasperlen in die Augen, und er dachte, wie schön sich der am Halse Tertschkas ausnehmen würde Da der Preis, welchen der Händler forderte, nicht allzu hoch war, so ließ er sich das Geschmeide in Papier wickeln und steckte es zu sich. Mit den paar Kreuzern, die er auf eine Guldennote herausbekam, kaufte er in der anstoßenden Bude ein großes Herz aus Pfefferkuchen; dann sprang er noch um ein bißchen Tabak in den nächsten Kramladen und eilte mit seinen Schätzen der Vorangegangenen nach. Er zeigte ihr zuerst die Pfeife, die ihr wohlgefiel. „Das ist für dich,“ sagte er hierauf und gab ihr das Herz. Es war mit einem farbigen Bildchen geschmückt, das ein zweites kleines Herz vorstellte, von einem Pfeile durchbohrt; ein Blumengewinde faßte das Ganze ein. Sie betrachtete es still und schob es mit dankendem Lächeln zwischen den Strauß und den Roßenkranz ein. „Ich habe noch etwas für dich gekauft,“ fuhr er nach einer Weile fort, indem er das kleine Päckchen langsam aus der Tasche zog und die Perlen durch die geöffnete Papierhülle blitzen ließ. Sie warf einen Blick darauf. „Wie kannst du nur so viel Geld für mich ausgeben!“ sagte sie; aber ihre Miene strahlte von froher Überraschung und reinster

Freude. „Für dich möcht' ich alles hingeben," erwiderte er innig. „Aber nimm es gleich um; es wird dir gut stehn!" Sie reichte ihm, was sie in der Hand hatte, und legte dann den Schmuck um ihren Hals. Da er aber etwas eng und rückwärts festzumachen war, so konnte sie damit nicht recht zu stande kommen. „Laß das mich tun!" rief er, gab ihr wieder alles zurück, drückte, nachdem er sich umgewendet, ihre braunen Haarflechten sanft empor und schob die beiden Teile der kleinen Schließe ineinander. „So!" sagte er, indem er mit zufrieden prüfendem Blick vor sie hintrat. Dann gingen sie fröhlich weiter und hatten bald das Kirchlein erreicht, das aus schattigen Linden hervorsah. Sie trafen nur wenige Beter an; ein alter Priester mit grämlichen Gesichtszügen war eben zum Altar getreten und begann gleichgültig die Messe zu lesen. Tertschka kniete in der letzten Reihe der Bänke nieder, legte den Strauß und das Herz vor sich hin und faltete die Hände. Georg blieb hinter ihr stehn. Es wurde ihm ganz eigentümlich zu Mute in dem stillen Raum. Durch die hohen schmalen Bogenfenster fiel das Licht sanft und mild herein; er hörte das Gemurmel des Priesters, das Klingen des Ministrantenglöckleins, und Andacht durchschauerte ihn. Aber beten konnte er nicht; er blickte nur unverwandt auf Tertschka, die vor ihm kniete und mit gesenktem Haupte leicht die Lippen bewegte. Die Messe war bald zu Ende; der Priester gab den Segen, und die Anwesenden entfernten sich. Nur Tertschka verweilte noch. Endlich bekreuzte sie sich, stand auf und schritt, während Georg folgte, nach der Tür, wo der Küster bereits ungeduldig die Schlüssel klirren ließ. Draußen leuchtete der goldene Vormittag, und nicht weit von der Kirche entfernt, streckte ein stattliches Wirtshaus einen Busch von Tannenreisern gar einladend aus. „Willst du dich schon auf den Heimweg machen?" sagte Georg, da Tertschka wieder schweigend den Weg nach dem Markte einschlug.

„Wohin sollten wir denn?" erwiderte sie und sah empor.

„Dort drüben ist ein Wirtshaus. Ich glaube, wir könnten uns heut' etwas zu gute tun, Tertschka. Wer weiß, ob wir wieder einmal miteinander gehn."

„Nun, wenn du Lust hast," sagte sie und blieb stehn. „Der Aufseher wird freilich schelten, wenn ich so spät zurückkomme. Aber du hast recht: wer weiß, ob wir wieder einmal miteinander gehn."

Sie schritten also auf das Haus zu, vor welchem sich ein sanfter Hügel erhob. Dort wurzelte eine alte, riesige Buche und breitete ihre Äste über eine Anzahl roh behauene Tische und Bänke aus. Aber niemand saß daran. Es war ganz still und einsam hier; nur drinnen schien sich geschäftiges Leben zu regen. Endlich sah der Wirt aus der Tür, in schneeweißen Hemdärmeln, ein grünes Samtmützchen auf dem Kopfe. Er trat, die ungewohnten Gäste von der Seite anblickend, heraus und brachte auf das Begehren Georgs Wein in einem großen Henkelglase, Brot und Fleisch. Das setzte er ihnen auf den Tisch, an welchem sie sich niedergelassen hatten, verlangte gleich die Bezahlung und eilte wieder ins Haus zurück. Georg schob Tertschka den Teller zu und diese zerlegte nun das Fleisch in kleine Stücke. Dann brachen sie das Brot und begannen gemeinschaftlich zu essen, wobei sich Tertschka, da der Wirt nur für einen gesorgt hatte, des Messers als Gabel bediente. Auch den Wein genossen sie zusammen, nacheinander das Glas zum Munde führend. Nach beendetem Mahle brannte Georg seine Pfeife an und sah wohlgemut dem Rauche nach, der sich leicht und bläulich in die sonnige Luft hinein kräuselte. „Schau, Tertschka," sagte er, indem er seine Hand auf die ihre legte, „das hätten wir uns gestern früh nicht träumen lassen, daß wir heute so fröhlich beieinander sitzen würden."

„Ja," erwiderte sie; „ich hätt' es nicht verhofft."

Inzwischen war der Mittag herangerückt, und mit einem Male ertönten in der Ferne lustige Klänge von Hörnern und Klarinetten. Gleich darauf stürzte der Wirt aus der Tür. „Die Hochzeiter sind da!" rief er dem nachfolgenden Gesinde zu. „Sputet euch! die Tische sollten schon gedeckt sein." Der Befehl wurde rasch ausgeführt, und es war auch hohe Zeit; denn schon kam, von der lärmenden Ortsjugend umsprungen, ein stattlicher Zug in Sicht. Spielleute voran; dann ein jugendliches Brautpaar; hintendrein die ganze Sippschaft, zahlreiche Hochzeitsgäste und ein Rudel Neugieriger. Im Nu waren die Tische besetzt und umlagert, und nun ging es an ein Schmausen, Trinken und Jubilieren, und die Musikanten, die auch Streichinstrumente mitgebracht hatten, fiedelten und bliesen dazu, daß ihnen fast der Odem ausging. Es waren seltsam wechselnde Empfindungen, die unser Paar inmitten dieser lauten Lustbarkeit überkamen. Zuerst hatten sie erstaunt in das bunte Gewirr hineingeblickt; dann aber konnte Tertschka das Auge nicht mehr von der Braut abwenden. Die sah auch gar schön aus und mußte eine reiche Bauerstochter gewesen sein. Sie trug ein knappes Mieder von schwarzem Samt, das ihren schlanken Wuchs deutlich hervortreten ließ; ein Kettlein von eitel Gold war fünf- oder sechsmal um ihren Hals geschlungen, und das hohe Myrtenkränzlein in dem blonden, hinten in zwei langen Zöpfen herabfallenden Haar stand ihr zu dem etwas stolzen und strengen Gesichte wie eine kleine Krone. Auch der Bräutigam war ein stattlicher Junge, dem gegen Bauernsitte ein Bärtchen auf der Oberlippe dunkelte, und dessen schmucker, mit Gemsbart und Feder gezierter Jägerhut wohl im stande war, die Bewunderung Georgs auf sich zu lenken. Nach und nach aber beschlich die beiden ein banges, drückendes Gefühl der Verlassenheit unter den vielen Menschen, davon manche ihr Äußeres mit scheelen Blicken musterten, als wollten sie fragen: „Was haben *die* hier zu schaffen?“

Endlich wandte sich Tertschka an Georg. „Komm,

laß uns fortgehn. Wir taugen nicht unter die Leute. Wir wollen uns drüben am Waldrand niedersetzen. Dort können wir alles von weitem mit ansehen und der Musik zuhören."

Er war es zufrieden und so schritten sie dem dunkeln Fichtenwald entgegen, dessen Saum die helle Wiese begrenzte. Auf einem kleinen Abhange ließen sie sich nieder und lauschten den Klängen, die, lieblich gedämpft, zu ihnen hinüberzogen. Mit einem Male ward es still; sie sahen, wie drüben alles von den Tischen aufstand und einen Halbkreis bildete. Gleich darauf begannen wieder die Geigen zu schwirren.

„Die Brautleute tanzen!" rief Tertschka. Und wirklich war es so. In gehaltenem Tempo und mit zierlichen Wendungen bewegten sich die hohen, schlanken Gestalten auf dem grünen Plan. „Wie lustig sie sich drehn!" fuhr Tertschka fort, indem sie sich unbewußt an die Schulter Georgs lehnte. „Schau nur!"

„Ja, es sind glückliche Leute," sprach er, ohne hinzusehen, wie im Traum. — „Wenn wir nur auch einmal Hochzeit hätten."

„Ach geh," sagte sie leise und langte nach einer roten Blume, die zu ihren Füßen blühte.

„Resi," fuhr er fort — es war das erste Mal, daß er sie so nannte — und legte seinen Arm scheu und bebend um ihren Leib, „Resi — ich hab' dich so lieb!"

Sie erwiderte nichts; aber in dem Blicke, den sie zu ihm aufschlug, lag es für ihn wie ein wogendes Meer von Glück. Und als jetzt drüben die Geigen lauter jubelten und das Brautpaar, durch allseitiges Rufen und Händeklatschen angefeuert, sich im stürmischen Wirbel dahinschwang, da zog er sie fest ans Herz, und ihre Lippen schlossen sich zu einem langen, tiefen Kusse zusammen. —

Soll ich, der ich diese einfache Geschichte wahrheitsgetreu zu erzählen mir vorgesetzt, nun auch die Seligkeit zu schildern versuchen, welche die beiden von jetzt an überkommen hatte? Ich glaube, daß ich darauf verzichten darf; und zwar nicht bloß deshalb, weil keine Worte zu dem Gefühle hinanreichen, das ihnen mit einem Male den vollen Lichtglanz, den überschwenglichen Reichtum des Daseins erschlossen hatte; sondern auch, weil wohl jeder den Zauber der Liebe an sich selbst erfahren hat und so im stande ist, sich das Glück Georgs und Tertschkas nach seinem eignen Herzen auszumalen. Freilich mußten sie dieses Glück scheu und ängstlich geheim halten wie ein Verbrechen; aber es lebte und blühte desto schöner in der Tiefe ihres Innern fort, und bei der angeborenen und lang geübten Begnügsamkeit ihres Wesens waren sie zufrieden, wenn sie sich des Morgens, Mittags und Abends verstohlen entgegen lächeln oder zu einem flüchtigen Händedruck aneinander vorüberstreifen konnten. Auch schien es, als ob der Aufseher immer weniger auf sie achte, daher sich ihre Besorgnis, er könnte vielleicht doch von ihrem gemeinsamen Gange nach Schottwien Kenntnis oder Vermutung haben, mehr und mehr verlor. Ja, Georg wagte sich sogar, wenn er, um Schotter zu holen, mit seinem Schiebkarren nach dem Steinbruch mußte, manchmal rasch zu Tertschka hinauf, wo dann den Liebenden in einer kurzen Umarmung die Welt versank. In einem solchen Augenblicke jedoch erschallten plötzlich nahende Tritte, und als sie erschrocken auseinanderfuhren, sahen sie den Aufseher, der mit hohn- und wutverzerrtem Antlitz hinter ihnen stand. „Hab' ich euch, ihr Racker!" schrie er. „So befolgt ihr mein Gebot und meint, ich merke euer Treiben nicht! Ich wußte recht gut, daß ihr letzthin den ganzen Sonntag miteinander herumgezogen seid; aber ich wollt' euch auf frischer Tat ertappen, und jetzt sollt ihr mir's büßen!" Und damit ergriff er Georg rückwärts beim Halse und schleuderte ihn ein paar Schritte weit zu Boden, daß Sand und Geröll aufstob. „Fahr deinen Schotter hinab, du Galgenstrick, und dann schnürst du deinen Bündel und gehst! Wenn du mir noch einmal unter die Augen kommst, so schlag ich dich krumm und lahm!" Bei diesen Worten stieß er den mühsam sich Aufrichtenden zu dem Schiebkarren und trieb ihn mit drohend geschwungener Faust den Abhang hinunter. Hierauf kehrte er zu Tertschka zurück und betrachtete sie lange mit einem bösen, grausamen Blicke. „Mit dir, du elende, schlechte Kreatur," sagte er endlich, „werd' ich später reden." Und er ging, unverständliche Worte in sich hinein murmelnd.

Betäubt, seiner Sinne beraubt, war Georg bei seinen

Genossen angelangt. Er hatte mechanisch den Schiebkarren ausgeleert; dann setzte er sich auf einen Stein und blickte gedankenlos ins Weite hinaus. Der Himmel war schon am Morgen leicht umwölkt gewesen; nun hatte sich ein trüber, grauer Tag zusammengezogen. Herbstlicher Windhauch strich leise durch die Wipfel der Tannen, und ein feiner, kalter Regen fiel auf die Erde. Aber Georg empfand die Tropfen nicht, die scharf in sein Antlitz schlugen. Feurige Funken tanzten vor seinen Augen, und ein heißer Schauer durchrieselte die Leere seiner Brust. Nach und nach jedoch drängte sich das Bewußtsein der erlittenen Schmach immer mächtiger in ihm hervor und mischte sich mit dem brennenden Gefühl des Unrechts, das man an ihm und Tertschka zu begehn im Begriffe stand. Fortjagen wollte man ihn und sie auseinander reißen, die so tief und innig verbunden waren? Wer durfte das? Niemand! Und je länger er darüber nachdachte, desto mehr empörte sich seine sonst so verschüchterte und duldende Seele, und eine hehre Kraft, ein heiliger Mut lohten darin auf, jeder Macht der Erde entgegenzutreten, die sich solcher Gewalttat unterfinge. Seine unscheinbaren Züge nahmen allmählich den Ausdruck fester Entschlossenheit an, und seine lichten Augen funkelten wundersam. Endlich erhob er sich und schritt, während ihm die andern verwundert nachsahen, zu Tertschka empor. Die saß da und weinte.

„Weine nicht, Resi,“ sagte er, und seine Stimme klang ernst und tief.

Sie antwortete nicht.

Er hob ihr sanft das Haupt empor. Sie schluchzte noch lauter.

„Weine nicht,“ wiederholte er. „Es hat alles so kommen müssen. Aber es ist gut; wir wissen nun, was wir zu tun haben.“

Sie sah vor sich hin.

„Er hat mich fortgejagt — und du gehst mit mir.“

Es war, als hörte sie ihn nicht.

„Unten in Krain bauen sie die Eisenbahn weiter,“ fuhr er fort. „Dort finden wir Arbeit.“

Sie schüttelte langsam das Haupt.

„Du willst nicht, Resi? Und sieh, noch eins. Ich hab' einmal gehört, daß ausgediente Soldaten, die im Krieg waren, Anspruch haben auf den Bahnwärterdienst. Ich laß mir ein Gesuch schreiben; vielleicht glückt es mir, und wir bekommen dann eines von den kleinen Häusern, wie sie unten am Geleise stehn, und können darin leben als Mann und Frau. — Und wenn es damit nichts ist,“ setzte er rasch hinzu, da sie noch immer kein Zeichen der Beistimmung gab, sondern nur heftiger weinte, „wenn es damit nichts ist, so muß es auch recht sein. Wir wollen ein paar Jahre fleißig arbeiten und sparen, so viel wir können. — Aber so sprich doch ein Wort, Resi!“

„Ach,“ jammerte sie, „was du da sagst, ist alles schön und gut: aber du bedenkst eins nicht: daß mich der Aufseher nicht fortläßt.“

„Er muß dich fortlassen. Du bist kein Kind mehr. Auch hat er sonst nichts mit dir zu schaffen. Du bist eine Arbeiterin wie jede andre und kannst gehn, wann und wohin du willst."

„Glaub' mir, er läßt mich *nicht* gehn — und mit *dir* schon gar nicht! Ich hab' dir's bis jetzt verschwiegen," fuhr sie nach einer Pause fort, während sich ihr Antlitz mit dunkler Röte überzog, „aber nun muß ich dir's sagen. Schon zur Zeit, da die Mutter noch lebte, wollte er oft zärtlich mit mir tun; aber ich wich ihm aus und drohte, ich würd' es der Mutter klagen. Im vorigen Sommer jedoch kam er eines Abends allein aus dem Wirtshaus zurück und fing wieder an und sagte, er würde mich heiraten. Ich aber hab' ihm gesagt, was ich von ihm denke. Seitdem haßt er mich bis aufs Blut und rächt sich, wie er kann."

Georg war bis in die Lippen hinein bleich geworden, und seine Brust rang mühsam nach Atem. „Der Elende!" stieß er endlich hervor. „Und bei *dem* solltest du bleiben? Jetzt, da ich das weiß, noch weniger! Du ziehst mit mir, und er soll sehen, wie er's verhindern kann."

„Trau ihm nicht," rief sie ängstlich, „er ist im stande einen zu morden, der schwächer ist, als er."

„Ich fürcht' ihn nicht," erwiderte Georg, und seine kleine Gestalt reckte sich scheinbar weit über ihr Maß hinaus. „Er hat mich früher von hinten angefallen, und ich war nicht darauf gefaßt. Aber er soll mir noch einmal kommen."

„Jesus!“ klagte sie und rang die Hände; „ich könnt' es nicht sehen, daß ihr an einander gerietet.“

„Nun, es wird so arg nicht werden,“ versetzte er, seine Erregung niederkämpfend. „Wir wollen zu ihm — jetzt gleich — und ihm ruhig und gemessen unsern Entschluß mitteilen. Du wirst sehen, daß er nichts erwidert. Denn so schlecht, so niederträchtig er auch ist: erkennen muß er, daß er kein Recht und keine Macht hat, dich zu halten.“

Sie rang noch immer verzweifelt die Hände.

„Fasse Mut, Resi,“ sagte er ernst. „Willst du mich allein ziehen lassen?“

Sie flog ihm an die Brust und klammerte sich an seinem Halse fest.

„Nun also,“ fuhr er fort und strich ihr sanft das Haar aus der Stirne, „gehn wir.“ Und sie schritten langsam auf die Hütte zu; sie die Brust voll Bangen und Zagen vor den Dingen, die sie kommen sah; er unerschütterliche Kraft und Zuversicht im Herzen. —

Als sie über die Schwelle traten, saß der Aufseher mit einem Messer in der Hand am Tische und schälte Kartoffeln. Er blickte etwas betroffen auf das Paar; aber seine Überraschung schlug allsogleich in Zorn und Wut um. „Was wollt ihr zwei da?“ schrie er, indem er sich halb erhob und den Griff des Messers wie kampfbereit auf den Tisch stützte.

„Ihr habt mir die Arbeit gekündigt,“ erwiderte Georg in ruhigem Tone. „Ich komme, um meine Sachen zu holen und Euch zu sagen, daß die Tertschka mit mir geht."

Der Aufseher machte eine Bewegung, als wollte er auf ihn zustürzen; jedoch fühlte er sich durch die ernste, sichere Miene, mit welcher Georg vor ihm stand, wider Willen eingeschüchtert.

„Darauf geb' ich keine Antwort," knirschte er endlich.

„Ihr braucht auch keine zu geben. Tertschka ist frei und ledig und kann tun, was sie will."

Der Aufseher lachte.

„Nimm, was dir gehört, Resi," fuhr Georg fort, indem er sich wandte, um seinen Quersack zu suchen, „und dann komm."

In der Brust des andern arbeitete es heftig. Er wußte augenscheinlich nicht, was er beginnen sollte. Aber in dieser Unentschlossenheit warf er einen lauernden Blick nach Tertschka, welche ihre Seelenangst nicht verbergen konnte. Und als sie jetzt auf die Kiste zuschritt, sprang er auf sie los und stieß die Entsetzte in den Keller hinab, dessen Tür halb offen stand. Dann schloß er dieselbe und steckte den Schlüssel in die Tasche. „So, das ist meine Antwort," stammelte er, vor Aufregung am ganzen Leibe zitternd, während er sich wieder am Tische niederließ und mit erzwungener Ruhe seine Beschäftigung fortzusetzen begann.

Das war so rasch, so unvermutet geschehen, daß es Georg nicht hatte verhindern können. Er faßte sich daher allsogleich, hängte ohne jedes Zeichen der Eile seinen Sack über die Schulter und näherte sich mit langsamen Schritten dem Aufseher. „Laßt die Tertschka heraus," sagte er ruhig.

Der Aufseher schälte Kartoffeln.

„Laßt die Tertschka heraus!"

Die Hände des Aufsehers zitterten. Und als Georg zum dritten Male, jedoch eindringlicher seine Forderung wiederholte, sprang er auf und ballte die Faust. „Geh jetzt — geh!" rief er, „sonst — —"

„Was — sonst?" erwiderte Georg gelassen. „Ich fürcht' Euch nicht, wenn Ihr auch stärker seid. Vorhin hattet Ihr leichtes Spiel mit mir; denn ich war wehrlos wie jetzt die Tertschka. Aber Aug' in Aug' steh' ich Euch!" Das Antlitz des Aufsehers war gräßlich anzusehen. Haß, Rachsucht und lähmende Feigheit wogten darin auf und nieder. Er rang nach Luft und seine Hände griffen unsicher vor sich hin. Georg gewahrte das alles und seine Brust stählte sich mehr und mehr. „Drum rat' ich Euch," fuhr er fort, „gebt gutwillig heraus, was mein ist, sonst nehm' ich mir's mit Gewalt."

Während dieser Worte hatten sich einige Männer in der Hütte eingefunden; denn die Mittagsstunde nahte heran. Vielleicht wollten sie auch, getrieben von dem Instinkte der Menschen, derlei Vorgänge zu ahnen, Zeugen dieses Auftritts sein. Ihre Anwesenheit wirkte stachelnd auf den Aufseher. Er fühlte sich sicherer, und seine Feigheit, die er selbst mit Wut empfand, bäumte sich aus Furcht, von andern bemerkt zu werden, zu frecher Verwegenheit empor. „Habt ihr gehört?“ rief er, gegen die Männer gewendet, „der elende Kerl wagt es, mir zu drohen, weil ich die Tertschka eingesperrt hab', daß sie nicht mit ihm davonläuft.“

„Beschimpft uns nicht!“ rief Georg, dessen Blut unwillkürlich höher aufwallte. „Wir sind zwei ehrliche Leute. Ihr aber habt kein Recht, die Tertschka einzusperren.“

„Was? kein Recht hätt' ich?! die Dirn' ist bei mir aufgewachsen!“

„Leider Gottes, daß sie bei Euch aufgewachsen ist! Mehr sag' ich nicht; ich will Euch schonen vor diesen da!“ Und dabei deutete er nach den Männern, die mit stumpfem Behagen dem wachsenden Streite zusahen.

„Hört ihr den Hund? Schonen will er mich! Packt ihn und werft ihn hinaus!“

Die Männer blickten einander unschlüssig an; aber sie regten sich nicht. Hinter der Kellertür war lautes Ächzen vernehmbar.

„Seht Ihr?“ fuhr Georg in steigender Erregung fort, „es fällt keinem ein, mich anzurühren. Drum sag' ich Euch zum letzten Male: gebt die Tertschka frei, — oder ich nehm' den Hammer dort. Zwei Schläge damit, und die Tür geht in Trümmer!“

„Was? die Tür willst du mir einschlagen? Du Räuber! Du Dieb! Hinaus! Sonst laß ich die Gendarmen holen!“

„Laßt sie holen!“ rief Georg flammend. „Dann wird sich zeigen, wer im Recht ist. Dann wird sich zeigen, warum Ihr die Tertschka eingeschlossen habt! Dann wird zu Tage kommen, wie Ihr sie von klein auf mißhandelt, wie Ihr der Armen schändlich nachgestellt und ihr den sauer verdienten Taglohn und das Erbteil der Mutter, deren Tod Euch auf dem Gewissen brennt, vorenthalten habt! Dann wird zu Tage kommen, wie Ihr hier oben mit den Schwachen und Wehrlosen umgeht, und wie Ihr Euch mästet mit dem Schweiß und Blut der Arbeiter, die man Euch anvertraut!“ — Georg hielt unwillkürlich inne. Die Wucht und die Wahrheit dieser Anklagen hatten bei dem Aufseher das Maß zu Rande und ihn um alle Besinnung gebracht. Sein Antlitz war bläulich fahl geworden; aufbrüllend wie ein verwundeter Stier, schäumenden Mundes, die Augen weit vorgequollen — so stürzte er sich mit hochgeschwungenem Messer auf Georg. Dieser hatte den Hammer erfaßt und schwang ihn gegen den Angreifer. Ein dumpfer Schlag erdröhnte; der Aufseher, vor die Brust getroffen, wankte — und taumelte, während sich ein Schwall dunkeln Blutes aus seinem Munde ergoß, röchelnd zu Boden.

Einen Augenblick herrschte lautlose Stille; stummes, ödes Grausen hatte die Anwesenden ergriffen. Georg aber stand da, wie David an der Leiche Goliaths. „Resi, Resi,“ rief er jetzt, indem er mit raschen Schlägen das Türschloß aufsprengte, „komm heraus, Resi! Du bist frei; unser Peiniger liegt zu Boden!“

„Jesus Maria!“ schrie sie hervoreilend und schlug mit einem Blick auf den Getroffenen die Hände zusammen „Er ist tot! Georg! Georg! Jetzt wird man dich fortführen und als Mörder vor Gericht schleppen!“

„Das soll man! Ich werd Red' und Antwort geben. Die dort müssen es mir bezeugen, daß er mich mit dem Messer umbringen wollte. — Geht hinunter,“ wandte er sich an die Männer, „und meldet, daß der Arbeiter Georg Huber den Aufseher erschlagen hat.“

Es dauerte lange, bis sich einer dazu entschloß. Georg aber setzte sich mit Tertschka draußen vor der Hütte nieder. Sie weinte in einem fort; er, noch immer gehoben von dem Vollgefühle seiner Tat, die ihm wie ein vollstrecktes Richteramt erschien, streichelte ihr von Zeit zu Zeit sanft tröstend die Wangen. Endlich erschienen zwei Herren von der Bauleitung und ein Gendarm. Sie ließen sich alles erzählen und sprachen dann eifrig untereinander. „Eingeliefert muß er werden,“ sagte der Gendarm. „Er ist Urlauber und gehört vor das Militärgericht zu Wiener-Neustadt.“ Da sich Georg willig und fügsam erwies, so wurde ihm mitgeteilt, daß man ihm keine Fesseln anlegen wolle; zu der jammernden Tertschka aber sprach der Gendarm, sie möge sich trösten; nach allem, was er gehört, dürfte es so schlimm nicht werden. Ja, er gestattete ihr sogar, sich mit auf den Vorspannswagen zu setzen, der ihn und Georg später nach Wiener-Neustadt brachte — und so fuhren sie in den sinkenden Abend hinein und in die dunkelnde

Nacht, während man oben die Leiche fortschaffte und ein endloser Regen vom Himmel niederströmte.

Ein sogenanntes Garnisons-Stockhaus ist ein Gefängnis wie jedes andre, nur mit dem Unterschiede, daß diejenigen, welche sich darin befinden, alte, schadhafte Uniformen auf dem Leibe tragen. Man findet dort Soldaten von allen Farben und Abzeichen, und da sie sich samt und sonders als Glieder eines Standes fühlen, so herrscht unter ihnen mehr Eintracht, als dies anderswo der Fall zu sein pflegt, wie denn auch bei dem Völklein eine gewisse, durch Aufrechthaltung der verschiedenen Rangunterschiede bedingte Zucht und Ordnung nicht zu verkennen ist. Trotzdem bleibt ein solches Stockhaus immerhin ein gar wüster, trübseliger Ort, und es darf uns nicht wunder nehmen, daß es Georg in jenem zu Wiener-Neustadt nicht allzu wohl ums Herz ward. Ein mürrischer Profoß, von einer Wache begleitet, hatte ihn bei später Nacht in dem dunkeln, stark bevölkerten Raum eingeschlossen, wo er sich, da für ihn noch kein Strohsack in Bereitschaft war, neben geräuschvoll atmenden Schläfern auf das blanke Holzlager hinstreckte. Aber schlafen konnte er nicht. Der gehobene Mut, die beschwingende Zuversicht, welche ihn erfüllt hatten, waren schon während der langen traurigen Fahrt einigermaßen ins Sinken geraten, nun schlichen bange Zweifel und leise Sorgen an ihn heran. Und als endlich ein bleicher Lichtschein durch die verschalten Fenster dämmerte, nach und nach die kahlen, schmutzigen Wände und die unerfreulichen Gesichter seiner Mitgefangenen beleuchtend: da fiel ihm das Bewußtsein seiner Lage immer deutlicher, immer schwerer auf die Seele. Nicht, daß er etwa die Folgen seiner Tat allzusehr gefürchtet oder Gewissensbisse empfunden hätte; war er doch angegriffen worden und hatte sich seines Lebens wehren müssen; allein er sah im Geiste das Bild des Erschlagenen vor sich, sah ihn bleich und regungslos im Blute liegen, und in seinem weichen, wohlempfindenden Gemüte regte sich jetzt das Mitleid, und er konnte tief beklagen, daß alles so habe kommen müssen. Dieser unfreie und gedankenvolle Zustand wurde noch dadurch gesteigert, daß Tage um Tage, Wochen um Wochen vergingen, ohne daß man Georg ins Verhör genommen oder sich sonst um ihn gekümmert hätte. Denn nun stellte sich auch die Sorge ein, wie sich die nächste Zukunft gestalten würde, und quälte ihn um so mehr, als er über das Schicksal Tertschkas, nach welcher er eine schmerzliche Sehnsucht empfand, in völliger Ungewißheit war. Das arme Geschöpf hatte wohl durch Vermittlung des wackern Gendarmen ein Nachtlager und gleich in den nächsten Tagen beim Neubau eines Hauses Arbeit gefunden; aber in ihrem Innern sah es trostlos aus. Keiner von denen, die an dem Baugerüste vorübergingen und zufällig bemerkten, wie sie Backsteine oder mit Mörtel gefüllte Kübel hinanschleppte, hätte gedacht, mit welch' tiefem Gram und Herzeleid sie das alles verrichtete. Abends jedoch, wenn die Arbeit eingestellt wurde, und an Sonn- und Feiertagen umkreiste sie scheu die Kaserne, in welcher sich das Stockhaus befand, und spähte zu jedem vergitterten und geblendeten Fenster empor, ob sie nicht irgendwo das Antlitz Georgs entdecken könne; so zwar, daß sie mehrmals von den Schildwachen hart angelassen und fortgescheucht wurde. In ihrer Not wandte sie sich endlich an die Soldaten der Torwache und bat sie, ihr zu sagen, wo sich der Gefangene Georg Huber befände; sie möchte gern mit ihm reden. Da bekam sie denn freilich nur rohes Gelächter und unziemliche Späße zu hören, bis sich endlich ein gutmütig aussehender Unteroffizier ihrer erbarmte, sich bereit erklärte, besagten Gefangenen ausfindig machen und demselben ihre Grüße zu bestellen; mit ihm zu reden könne ihr jedoch nicht verstattet werden; es wäre denn, daß sie vom Auditor hierzu die Erlaubnis bekäme. Den solle sie aufsuchen; aber sie müsse schon am Morgen zu ihm gehn; denn tagüber sei der Herr selten zu Hause anzutreffen. So suchte sie denn früh am nächsten Sonntage ihre wollene Jacke und den Kattunrock hervor und begab sich, damit angetan, nach dem Hause, welches ihr der Unteroffizier bezeichnet hatte. Dort mußte sie eine lange Zeit im Flur warten; denn sie erhielt den Bescheid, der Herr Auditor schlafe noch. Endlich trat dieser, bereits völlig angekleidet, aus der Tür und fragte sehr eilig, was sie wolle. Er ließ sie nicht ausreden und sagte, die Erlaubnis, mit den Arrestanten zu sprechen, könne nur in den seltensten Ausnahmefällen erteilt werden; sie solle sich übrigens beruhigen, denn die ganze Angelegenheit würde in Bälde ausgetragen sein. Wenig getröstet ging sie wieder; und wirklich verstrich abermals Woche um Woche, ohne daß über Georg irgend eine Entscheidung erfolgt wäre. Denn, um es nur zu sagen, der Auditor war ein lebenslustiger junger Mann, dem die Schönen der Stadt näher am Herzen lagen, als seine Gerichtsakten, zumal Verhandlungen, welche beurlaubte Soldaten betrafen und also in dienstlicher Hinsicht nicht so dringend waren, schob er gerne auf die lange Bank. In ihrer nunmehr gesteigerten Sorge trachtete Tertschka wieder ihren Vertrauten aufzufinden, und dieser meinte, daß ihr jetzt nichts andres übrig bliebe, als sich an den Obersten des Platzkommandos zu wenden. Der sei zwar ein etwas ernster und strenger Herr; aber er habe schon vielen Menschen geholfen. Sie entschloß sich also auch dazu und mußte, ehe sie vorkam, wieder lange warten. Jedoch diesmal nicht im Flur, sondern in einem warmen Vorgemach, was ihr um so wohler tat, als der Winter bereits ins Land gerückt war. Endlich hörte sie ein Geklirr von Säbeln; einige Offiziere traten aus den Gemächern des Obersten und gingen, wie es schien, etwas niedergeschlagen fort. Nach einer Weile öffnete sich wieder die Tür; ein staatlicher Herr mit leicht ergrautem Schnurrbart blickte heraus und fragte ziemlich barsch nach ihrem Begehren. Da sie aber gleich zu weinen anfing, wurde sein Antlitz milder; er hieß sie eintreten und hörte, nachdem er sich gesetzt hatte, schweigend an, was sie vorbrachte. Dann stellte er einige Fragen an sie und forderte sie endlich auf, den ganzen Hergang zu erzählen. Das tat sie nun; freilich gar schlicht und unbeholfen, aber dabei so wahr, warm und innig, daß der Oberst, der dabei öfter seinen Schnurrbart leicht empor strich, sichtlich ergriffen wurde. Nachdem sie geendet hatte, stand er auf, legte ihr sanft die Hand auf die Schulter und sagte, sie möge getrost von hinnen gehn. Er gäbe ihr sein Wort, daß nunmehr die ganze Angelegenheit in kürzester Frist und, wie er hoffe, zu Georgs Gunsten erledigt sein werde. Freien und gehobenen Herzens entfernte sie sich; der Oberst jedoch ging nach einer Weile sinnend auf und nieder, wobei er von Zeit zu Zeit die Sporen leise aneinander schlug. Endlich ließ er durch eine Ordonnanz den Auditor zu sich bescheiden. Er mußte ziemlich lange warten, bis der junge Mann, ganz erhitzt, mit einer raschen Verbeugung herein trat.

„Herr Auditor," begann der Oberst, „es ist vor ungefähr vier Monaten ein Urlauber, namens Georg Huber, behufs kriegsrechtlicher Untersuchung hier eingeliefert worden."

Der Auditor fuhr unwillkürlich mit der Hand nach der Stirne. „Georg Huber — ja, ja, ganz recht. Es handelt sich, wie ich glaube, um einen Totschlag."

„Allerdings; darum handelt es sich. Und ich wünschte, die Untersuchung beendet zu sehen."

„O nichts leichter, als das," fuhr der andre, aufatmend fort. „Es ist eine ganz gewöhnliche Geschichte, wie sie unter solchen Leuten nur zu oft vorkommt. Man läßt den Mann ein paarmal durch die Gasse laufen, und die Sache ist abgetan."

„Nicht doch, Verehrtester," erwiderte der Oberst. „Das wäre ein höchst oberflächliches, gewaltsames Verfahren. Es liegt mir im Gegenteile daran, daß diese Angelegenheit, wenn gleich möglichst rasch, so doch ohne jede Überstürzung mit größter Umsicht und Sorgfalt geprüft und verhandelt werde. Denn ich erlaube mir, ohne damit Ihrer richterlichen Einsicht vorgreifen zu wollen, die Bemerkung, daß hier, wie ich mich überzeugt habe, sehr eigentümliche Verhältnisse mit im Spiele sind." Der Oberst hatte bei diesen Worten ernst die Augenbrauen zusammen gezogen; der Auditor wußte, was das zu bedeuten habe, machte eine stumme Verbeugung und ging. Dann eilte er geraden Wegs in seine Kanzlei, und da es ihm keineswegs an Scharfblick und Fertigkeit gebrach, so dauerte es wirklich nicht lange, daß Georg und die Zeugen, unter welch letztern sich auch Tertschka befand, vernommen waren und vor einem versammelten Kriegsrechte folgendes Urteil geschöpft wurde: „Georg Huber, Urlauber des zwölften Regimentes, sei des verübten Totschlags schuldig erkannt und zu einem Jahre schweren Kerkers verurteilt; in Erwägung des Umstandes jedoch, daß er sich teilweise im Falle der Notwehr befunden, sowie andrer erheblicher Milderungsgründe und mit Hinblick auf seine tadellose Dienstzeit sei ihm die ausgestandene längere Untersuchungshaft als Strafe anzurechnen." Der Auditor errötete ein wenig vor sich selbst, als er diese letzten Zeilen niederschrieb; aber weit höher färbte sich sein Antlitz am nächsten Tage, als er dem Obersten das Urteil zur Bestätigung überbracht hatte und dieser, nachdem er das Blatt gelesen, ihm lächelnd auf die Achsel klopfte und sagte: „Da sieht man, daß eine kleine Saumseligkeit im Dienste auch hin und wieder ihr Gutes haben kann." Aber er reichte ihm die Hand und verabschiedete ihn freundlich.

Zwei Tage darauf ließ der Oberst Georg und Tertschka zu sich rufen. Er betrachtete sie lange und schweigend; dann fragte er nach diesem und jenem und schloß damit, daß er ihnen den Rat erteilte, vorderhand in der Stadt zu bleiben. Für ihren Unterhalt durch angemessene Arbeit wolle er Sorge tragen, und sie würden noch später von ihm hören. Nachdem die beiden mit scheuen Dankesworten das Zimmer verlassen hatten, ging der Oberst wieder mit leisem Sporrengeklirr auf und ab. Es waren seltsame Gedanken, die ihn bewegten. Er hatte vor vielen Jahren ein schlankes, blondes Fräulein geliebt und war sehr unglücklich gewesen. Nicht etwa, daß die Schöne seine Neigung zurückgewiesen hätte; darüber würde sich seine stolze, kräftige Jünglingsseele wohl bald getröstet haben: aber er war in seinen reinsten Empfindungen betrogen und mißbraucht worden, und das hatte ihn mit dauernder Bitterkeit und einer krankhaften Verachtung des weiblichen Geschlechtes erfüllt, die er gern offen zur Schau trug; wie er denn auch das Wesen der Liebe überhaupt angriff und behauptete, dieselbe wäre zwar in den Romanen hirnverbrannter Poeten, niemals aber im wirklichen Leben zu finden. Und nun, nachdem er diese Meinung, einem leisen Widerspruche seines Innern zu Trotz, so lange und leidenschaftlich vor sich selbst und andern aufrecht erhalten hatte; nun war ihm mit einem Male in diesem armen, verkümmerten Menschenpaare die Liebe mit all ihrer Tiefe, Hingebung und Zärtlichkeit, in ihrer ganzen heiligen Kraft entgegengetreten — und stille Beschämung und unsägliche Rührung zogen in seine Brust. Auch ein klein wenig Neid mischte sich mit hinein; aber er beschloß, soweit dies von ihm abhinge, die beiden glücklich zu machen fürs ganze Leben. — —

* * *

Dort, wo die schwärzlichen Schienen längs der rauschenden Mur, an grünen Wiesen und anmutigen Auen vorüber, sich hinziehen, im Umkreise des Schlosses Ehrenhausen, das von einem bewaldeten Hügel freundlich auf den Ort gleichen Namens hinabschaut, steht ein einsames Bahnwärterhaus. Ein winziges Stückchen Feld, mit Mais und Gemüse bepflanzt, liegt dahinter, und vor der Tür, umfriedet von einer dichten Bohnenhecke, blühen rötliche Malven und großhäuptige Sonnenblumen. In diesem Häuschen, das den Vorüberfahrenden gar still und friedlich anmutet, leben, wie sie es einst kaum zu hoffen gewagt, Georg und Tertschka seit mehr als fünfzehn Jahren als Mann und Frau, und es braucht wohl nicht eigens bemerkt zu werden, daß ihnen der gute Oberst zu dem kleinen Anwesen verholfen hatte. Man merkt kaum, daß sie älter geworden, und sie verrichten gemeinsam den Dienst, der ihnen bei Tag und Nacht schwere Verantwortlichkeit auferlegt. Aber sie finden dennoch nebenher Zeit und Gelegenheit, ihr Streifchen Feld zu bebauen, eine Ziege samt ein paar gackernden Hühnern zu halten — und zwei flachshaarige Kinder aufzuziehen, die sich als willkommene Spätlinge eingestellt haben und ganz munter hinter dem Bohnenzaune heranwachsen. Auch trauliche Abendstunden sind ihnen vergönnt, wenn sie Hand in Hand vor der Tür sitzen, der untergehenden Sonne nachschauen und noch immer den Tag preisen, an welchen sie sich zum ersten Male auf der Höhe des Semmerings begegneten. Und dann zieht die Vergangenheit mit allen Leiden und Freuden an ihnen vorüber — bis zu jenem Augenblicke, wo das Verhängnis schwer und furchtbar über sie hereingebrochen war — und doch ihr Glück begründet hatte. Und wenn dann in die Helle ihrer Brust ein trüber, dunkler Schatten fallen will — dann ziehen sie rasch die Kleinen heran, die sich liebkosend in die Arme der Eltern schmiegen und mit den großen Kinderaugen so harmlos in die Welt hinein blicken, als lebten sie nicht den wechselvollen Schicksalen entgegen, die sich forterben von Geschlecht zu Geschlecht, so lange noch Menschen atmen auf der alternden Erde.

NOTES

NOTES

[The figures in heavy type refer to the pages of the text; the lighter figures, to the lines.]

3. 2. **Semmering,** a mountain-pass in the Semmering Alps between lower Austria and Styria, 3000 ft. in height. The Semmering Ry., the first among the great mountain railways of Europe, was built by the Austrian government in 1848–53. The tunnel through the Semmering pass is 4692 ft. long. The railway was opened for travel in 1854, and the semi-centennial celebration of the event occurred this year (1904). An account of this celebration with copious photographic views may be found in the *Leipsiger Illustrierte Zeitung* of June 2, 1904.— **norischen Alpen,** a division of the Eastern Alps, lying between the Archduchy of Austria and Styria. *Noric Alps.* — 3. **Erzherzogtum Österreich,** the Archduchy of Austria, today divided into Upper and Lower Austria constituted the nucleus of the Austrian possessions, about which the present nation crystallized. — 4. **Steiermark,** Styria, one of the six duchies of Austria. See map of Austria-Hungary. — 9. **schwindelerregend,** a pres. participle; lit'ly *dizziness-causing;* tr. *dizzy.* — 10. **Pfeifen,** a verbal noun. All infinitives used as nouns are neut., and are of the strong declension. There is no pl. — **endlos scheinender,** lit'ly *endless-seeming;* tr. *seemingly endless.* — 11. **jene mit . . . gemischte Bewunderung.** Note that gemischte is the past participle. To translate such constructions it is necessary to translate the noun immediately after the introductory word, thus here, jene Bewunderung = *that astonishment,* and then the modifiers of the noun, either as a participial phrase, or relative clause, e.g. here: *that astonishment, mingled with sublime horror,* or *which is mingled with sublime horror.* Decline the German phrase in the Sg. Note this and similar constructions and familiarize yourself with them. — 12. **wird . . . empfunden haben,** tr. *has undoubtedly felt.* This construction is called by grammarians a presumptive future (here future perf.) **wird empfunden**, in this sense = *(he) feels*; wird empfunden haben = *has felt*. — 15. **Die gekoppelte Wagenreihe**, lit'ly, *the coupled row of cars*; tr. *the train*. — 22. **Durchstich**, tr. *tunneling*. — **Mont Cenis**, pronounce as in French. A mountain peak in the Western Alps between Savoy and Piedmont, 11792 ft. high. The tunnel through Mont Cenis which is seven and one half miles long was finished in 1871, being fourteen years in construction. — 25. **Tausende und aber Tausende**, *thousands and thousands*. **Aber** in the older language = *again*. Cp. abermals = *again*.

4. 4. **jene . . . Verkehrsstraße**, referring to the Semmering railway. — 5. **staubdurchwirbelten**, lit'ly *dust through-whirled*; tr. *dustswept*. Such arbitrary formations are difficult of translation and are not found in the dictionaries. The student should make clear to himself what the component elements signify and translate by an appropriate English expression. — 7. **Adria**, Adriatic Sea. — 12. **Nicht etwa**, etc. Note that the author's object is not to depict unsatisfactory social conditions and thereby possibly lead to social reforms. His story would then be a purpose novel. His object is simply to create a work of art. — 13. **Pa'rias der Gesellschaft**. The Pariahs are a people living in southern India, and constituting a low caste among the Hindoos. They perform menial service mostly, consequently this use of the word: Pariah = *outcast, low-born person*. Tr. *Pariahs of society*. — 16. **fünfte Stand**. To the four traditional classes of society: clergy, nobility, burghers (of cities), and peasants, modern life has added a fifth, viz: the laborer. — 19. **wie billig**, *as is reasonable*. — **Sozial'poli'tiker**, a student of social science who makes a specialty of the labor question. — **sondern nur**, etc. Note that the author here announces his theme, and mark what it is. — 24. **dumpfen Winkel**, *obscure corner*. — 27. **im kleinen abspielt . . . Welt**, poetic transposition of the verb. Abspielt would ordinarily stand at the end of the sentence.

5. 1. **cyclopische**, Cyclopean. According to Homer the

Cyclops were a race of giants inhabiting the coast of Sicily. — **Sprengschuß,** *blasting shot.* — 2. **zahl= und rastlose.** What does the hyphen signify? — 4. **den mährisch=ungarischen Niederungen,** tr. *the lowlands of Moravia and Hungary.* — 5. **Karst,** a barren mountainous strip of land extending through Carinthia, Görz and Istria, and bordering on the Gulf of Triest. — **Friaul,** Engl. Friuli, a district at the north of the Adriatic Sea, and at present divided between Italy and Austria. The Austrian portion comprises the countship of Görz and Gradiska and the so-called Idrian district. — 7. **das tief . . . Wild,** cf. note on 3, 11. — 9. **riesigen Höhenpfad,** the railway is meant. Tr. *giant highway.* — 12. **Wegstunden,** the Stunde is the distance a person can walk in an hour, or about 5 km. = 3.105 miles. — 14. **Nomaden der Arbeit,** a poetic turn for '*wandering journeymen, or laborers*'. Lit'ly *nomads of work.* — 18. **Oberbau,** the meaning of the word is made clear by what follows. Tr. *track.* — 20. **Geleise zu beschottern**; Schotter = *crushed stone.* Tr. *to ballast,* i. e. fill up the spaces between the ties with gravel or crushed stone. — 21. **Wächterhäuschen,** German railways have watchmen stationed at intervals along the road, whose duty it is to see that the road is in good condition, and to warn trains of danger. Tr. *watchmen's houses.*

6. 7. **als sie sein mochte,** *than she was.* — **Verkümmerte Mädchenhaftigkeit,** lit'ly, *stunted girlishness*; tr. *immaturity.* — 9. **Kuppen,** *mountain tops.* — 16. **achtete nicht der . . . Sommerpracht.** Note achten with the gen. here, instead of auf with the acc., e.g. achten auf etwas. — 20. **Diese Arbeit . . . sauer zu werden,** *it seemed hard work for her.* — 22. **Hatte wohl sonst nur . . .** Note the force of wohl here to make the statement less positive by allowing one, as it were, to suppose that she did sometimes perform less menial service. Tr. *presumably at other times handled only hoe and shovel.* — 23. **Jetzt wurde sie,** etc. Note the following description of the hero of the story. Does it give you a good clear image *of him?* — 25. **Vom Bahngeleise her,** *from the track.* — 28. **zerschlissen,** *torn, tattered;* from zerschleißen, (schliß, schlissen), = *to tear.*

7. 2. **Feldmütze,** *foraging cap.* George had served in the army. — 3. **Gehn,** colloquial for gehen. Infinitives are often written thus throughout our story. — 5. **Zwillich,** a coarse cloth, here probably *linen.* — 12. **hart klingenden Deutsch.** The girl (Tertschka) is from Bohemia, the population of which is sixty-three per cent Czech to thirty-seven German. Thus the German spoken in some parts of the country takes on a somewhat harsh un-German sound. — 13. **Was willst du?** Note the form of address among the common people. — 18. **dünnbärtiges,** covered with a slight beard, Bart, m. = *beard.* — 19. **Aufseher,** *foreman.* — 21. **Schottwien,** *a near-by village.* — **zum Wein,** i.e. for the purpose of drinking primarily, and incidentally to buy provisions. — 23. **hinfälliges Wesen,** *weak, decrepit person.* — 28. **Dort lag er . . . Geier.** Note this bit of superb nature portrayal.

8. 6. **Jesus,** tr. *Heavens!* There is no irreverence in the word as used by Tertschka. — 12. **ein Mann von herkulischem Wuchse,** etc. Note the word-picture of this man. — 13. **Er mochte ungefähr . . . zählen,** *he was probably fifty years of age.* — 22. **Heda,** *hello!* — **Tertschka,** Bohemian for Theresa, the girl's name.

9. 17. **hergewiesen,** *sent, directed hither.* — 24. **Ottertal,** a valley of the Semmering region. — 25. **Das ist auch was!** Tr. *That's quite wonderful.* — 26. **Zettel,** *ticket, slip;* here his commission to work in the quarries. — 27. **Huber nennst du dich,** *your name is Huber, is it?*

10. 2. **Wie kommst . . . Soldatengewand?** *How did you come by the uniform?* — 7. **loskriegen,** *get rid of.* Colloquial for loswerden. — **Belagerung von Venedig.** Venice and Lombardy were given over to Austria by the council of Vienna in 1815. There were revolts against Austrian hegemony in both Venice and Lombardy in 1848. In 1839 the Lombardo-Venetian kingdom united with Sardinia for independence, but was reconquered by Austria. The revolution ended with the surrender of Venice, after a long siege, Aug. 22, 1849. — 9. **Baukanzlei,** *labor office* (of the railway). — 14. **Schotter,** see note on 5, 20. — 15. **so.** This so at the beginning of a principal clause, preceded by a subordinate clause should not be translated. — 21. **Kienspäne,** chip of resinous pine, used as a candle. — 22. **weitläufig,** *spacious*. — 23. **wurden versorgt,** *were disposed of*, i.e. put away. — 26. **kauderwelschend,** *talking unintelligibly*; kaudern from Kuder = *turkey*, therefore to gobble or the like; welsch was the word used by Germans to designate things or persons foreign or not German, especially applied to French or Italian. Kauderwelsch, n. = *any unintelligible speech*. Tr. *gibbering among themselves*. — 28. **Schütte alten Strohes.** We should say commonly: Schütte altes Stroh, altes Stroh being in the latter expression simply an appositive acc. Cp. ein Glas neuer Wein, ein Sack Mehl, etc.

11. 7. **Quersack,** m. *wallet, knapsack*. — 17. **in den dunkeln . . . Sterne,** an idiomatic participial construction. Cp. note on 3, 11. Tr. *Into the dark room, the stillness of which was broken only by the breathing of the sleepers, shone the glimmering stars*. Lit'ly?

12. 7. **Bahngeleise,** *track*. — 13. **Mulde,** *hollow*, or *depression*; höher gelegen, *situated in a more elevated part of the neighborhood*. — 19. **Trümmer,** *large portions of blasted rock*. Lit'ly *débris, ruins*. — 25. **führte nun . . . Streich,** *dealt a blow*.

13. 2. **Der Ort . . . erschloß,** Lit'ly *opened*. Tr. *afforded*. Note the nature portrayal, and also the contrast between the beautiful landscape and these people in their poverty and dejection. — 4. **Gebirgsnatur,** cp. note on 4, 5. — 9. **Sonnwendstein,** an eminence of the Semmering Alps, about 4500 ft. in height and noted for its fine view. — 16. **Scheitel,** *crown of the head*; tr. *head*. — 25. **heruntergebracht,** *weakened*.

14. 2. **mir,** an ethical dative. Tr. *my father and mother died when I was still young*. — 6. **Herren von der Assentierung,** *recruiting officers*. — 7. **Im zweiten Glied,** *in the second rank*, i.e. where he would not have to bear the brunt of battle. — 8. **weißen Rock.** At this time the coat of the Austrian military uniform was white. — 11. **Gemeinde,** *parish*. The parish in Austria is a political subdivision, originally coextensive with the church parish. It is incumbent upon the parish to support its own needy. — 22. **in ihre Schürze gewickelt.** Note the realism. The piece of black bread was wrapped in the apron and laid on the ground until the time for the repast. See, too, a few lines further on how she lays a portion of it down on the bare ground beside George, and note the **Krüglein** which lay **halb zerscherbt** among the debris.— 27. **Das tut nichts,** *that makes no difference.*

15. 6. **Tannicht,** n. fir-woods.— 14. **mit sanftem Drängen,** *urging him gently.*— 15. **kannst du's schon nehmen.** Note the reassuring value of schon here, as distinguished from the more ordinary temporal value. Do not try to translate schon. The meaning is: *you need not feel embarrassed at receiving it from me.*— 22. **Es war,** *it seemed.*

16. 7. **Deichgräber,** *dike-laborer.* 18. **läßt er's freilich . . . geschehen,** *he himself lives well.*— 22. **alles,** instead of alle. Idiomatic use of the neuter singular.— **Aus freien Stücken,** *voluntarily.*— 24. **was . . . abfällt** = *the leavings.* Lit'ly?— 25. **wie gesagt,** *as I told you.*

17. 1. **wie er . . . anließ,** *how rudely he treated me,* etc.— 5. **laß mir's nicht nehmen,** *shall not be dissuaded from believing.*— 20. **neuerdings,** *anew.*

18. 7. **Heidegrütze,** *buckwheat gruel.*— 10. **daß ich kein Fleisch mehr. . . .** We might say equally well: seit ich, etc.— 16. **kommt er . . . nachsehen,** colloquial for um nachzusehen.— 18. **laß dir raten,** *take my advice.*— 22. **Bauleitung,** *board of construction* (of the railway).

19. 3. **auf der Kreide,** *in his debt.* The score was kept by marking with a piece of chalk.— 7. **ihm verfallen,** *given over to him;* tr. *at his mercy.*— 9. **wie stell' ich es an,** *how shall I manage?*— 17. **Banknotenfragmente,** *paper money of low denomination.*— 18. **Viertel,** *quarters.*— 22. **allwöchentlich kleinweise,** *in small sums week by week.*— 24. **abgegriffene,** *well-thumbed, worn.*

20. 1. **Ingenieur,** *civil engineer;* pronounce inschenjöhr'.— 7. **darum wüßte,** *knew about it.*— 14. **Branntwein,** *brandy,* which was considered a valuable nutrient.— 20. **Ach was,** *oh, don't mention it!*

21. 5. **von der Faust weg,** *from the hand.*— 21. **gedachte der**

Warnung. Note gedenken with the gen. Cp. Ich gedenke dein(er). — 23. **Halt dein Maul.** A coarse expression. In cultured speech Maul should be used only of animals. Tr. *shut your mouth!* — 6. **Also willst du . . . ,** *do you want some, or not?* — 16. **herausgeben,** *give back the change.* — 18. **Glaubst du . . . behalten?** *Do you think I would keep your few good-for-nothing kreuzers?* The Austrian Kreuzer = ½ cent in U. S. money. — 28. **von Mund zu Mund.** Observe the realistic depiction of this scene. Cp. also note on 14, 22.

23. 18. **mir den Bissen . . . wegguckt,** *begrudges me even the food I eat;* weggucken, Lit'ly? — 23. **Siesta,** (three syllables) f. *siesta.*

24. 9. **in sich selbst . . . Wesen,** *dejected manner.* Lit'ly? — 13. **Rekru'tenzeit,** *time when he was a raw recruit.* — 14. **Korpora'lsfaust,** *domination of the corporal.* Lit'ly? — **Schildwachenstehn,** a verbal noun; standing sentry; tr. *picket-duty.* — 18. **Fort Malghe'ra.** This important fort was taken by the Austrians, May 27, 1849. Venice itself surrendered Aug. 22, of the same year. — 19. **ihrer hunderte,** *hundreds of them.* — 24. **die mitten im Wasser . . . sei;** refers to Venice, which is built on 120 islands.

25. 11. **Aber nicht lange,** etc. *But the time was not to last long during which the lovers were drawn closer and closer to each other in their poverty and silent resignation as others are in joy and pleasure and exuberance of life.* — 16. **übelwollende Kunde,** *malicious information,* i.e. information from malevolent persons. — 18. **genug,** *at all events.* — 24. **heimtückisches Aas,** tr. *hussy.*

26. 10. **stumpfer Schadenfreude,** *sullen, malicious joy* (at their misfortune). — 16. **an ein Spiel Karten wagten,** *staked in a game of cards.* — **Blätter,** here *cards.* — 26. **Ach, laß es,** *O, never mind.*

27. 4. **Weshalb er . . . gejagt hat?** *I wonder why he separated us.* — 10. **sein Liebstes,** *thing, or person, he likes best.* — 22. **Paar schwerer Schuhe,** instead of more usual paar schwere Schuhe. Cp. note on 10, 28.

28. 4. **der Aufseher . . . merken,** *the foreman need not know* *of it*, i.e. we must evade discovery on his part. — 19. **lugte aus**, a provincial word, used also often in poetry = *to spy, watch.* — 21. **windschief**, *slanting*. Lit'ly wind-slanting, i.e. blown from its vertical position by the wind. — 24. **Tiefes . . . Schweigen**, *the deep quiet of the Sabbath.* — 26. **Gentia'nen**, *gentian.*

29. 18. **frei gescheitelt**, *uncovered;* gescheitelt, lit'ly = *parted.* — 22. **ließen ihr . . . nicht**, *were indeed very becoming.* — 27. **und da hält es sich**, *and so it lasts a long while.*

30. 6. **Korn**, *grain*, not corn, which would be Mais. — 9. **Kirchtag**, same as Kirmes, Eng. kermess, or church fair, a great festival in Roman Catholic communities. — 25. **Ortskirche**, *village church* (of Schottwien).

31. 2. **Maria Schutz**, the name of the church. — 5. **fiel ihm . . . in die Augen**, *then a glittering ornament of yellow glass beads attracted his attention.* Note the idiom einem in die Augen fallen. — 11. **Guldennote**, the Austro-Hungarian gulden or florin nominally = 48⅛ cents in our money, in reality it circulated for less. — 12. **Herz aus Pfefferkuchen.** Ginger cakes among the peasantry in Austria and Germany are mostly in the shape of hearts. — 19. **Blumengewinde**, here wreath of flowers made of icing.

32. 5. **rückwärts**, i. e. behind (the neck). — 23. **Andacht durchschauerte ihn**, *he was filled with awe of the divine.*

35. 13. **eitel**, here an adv. therefore uninflected; tr. *pure.* — 15. **und das hohe Myrtenkränzlein . . . eine kleine Krone**, *and the broad wreath of myrtle . . . lay like a small crown above her slightly proud and stern face.* — 20. **Gemsbart**, m. *beard of a chamois* (used often for ornamentation).

36. 5. **Er war es zufrieden**, tr. *he agreed.* We say likewise Er war damit zufrieden. Note both expressions. — 14. **In gehaltenem Tempo**, *to measured time.* Italian tempo, from the Latin tempus = time. — 22. **Ach geh**, tr. *O, George!* Lit'ly = vulgar Engl. *O, go on!* — 24. **Resi**, the German diminutive has the force of an endearment.

38. 5. **wo . . . die Welt versank**, *then the lovers forgot the entire world.*

40. 10. **Krain,** Carniola, an Austrian crown-land in the southwestern part of Austria. — 15. **Bahnwärterdienst,** *position as watchman with a railway;* cf. note on 5, 21.—19. **Und wenn . . . nichts ist,** *and if that fails.*

41. 27. **aber er soll . . . kommen,** *but let him come once more.*

42. 17. **sie die Brust . . . im Herzen,** *she with breast filled with fear and trembling, . . . he with indomitable power and courage in his heart.* An absolute acc. construction; habend must be supplied.

44. 15. **lähmende Feigheit** = Feigheit, die lähmend auf ihn wirkte. — 16. **und seine Hände griffen unsicher vor sich hin,** *and he extended his hands, which were shaking with excitement, as if to seize him.* — 26. **und seine Feigheit . . . empor,** *and his cowardice, which it angered him to acknowledge to himself, turned to rash temerity for fear of being detected by the others.*

46. 7. **deren Tod . . . brennt,** *of whose murder your conscience must accuse you.*

47. 1. **Jesus Maria.** Not irreverent. Tertschka is of the Roman Catholic faith, the predominant one in Bohemia. — 5. **das soll man,** *let them do so.* — **Ich werde . . . geben,** *I shall answer to the charge.* — 26. **Vorspannswagen,** possessors of horses were required by the government to furnish animals for relays in the postal service. Originally the term Vorspannspferd was used, later one came to speak of Vorspannswagen viz. the vehicle to which such horses were hitched; tr. *post-chaise.* — 27. **Wiener-Neustadt,** generally simply Neustadt, an important industrial center south of Vienna.

48. 11. **durch Aufrechterhaltung . . . Zucht und Ordnung,** *discipline and order resulting from the maintenance of the various differences in rank.* — 16. **nicht allzu wohl . . . ward,** *did not feel any too free and easy.* — 25. **waren . . . ins Sinken geraten,** *had begun to fail . . .*

49. 2. **Da fiel ihm . . . Seele,** *then there came over him . . .*

50. 4. **so zwar,** *with the result that.* Austrian for the German und zwar so daß. — 10. **unziemliche Späße,** *unseemly jests.* The soldiers took her for a low or foolish woman.

51. 6. **um es nur zu sagen,** *to tell the truth.* — 11. **schob er . . . Bank,** *he was accustomed to postpone.* Note the idiom. — 14. **Obersten des Platzkommandos,** *colonel or commandant of the prison guard.* — 20. **als der Winter . . . war,** *since the winter had now come.* Idiom.

52. 16. **Ordonnanz,** *orderly* (*sergeant*), whose duty it is to carry the messages of superior officers. — 20. **behufs kriegsrechtlicher Untersuchung,** *for court-martial.*

53. 2. **durch die Gasse laufen,** *run the gauntlet.* A mode of punishment for military offenders. — 4. **Verehrtester,** Ironical. — 11. **daß hier . . . im Spiele sind,** *that . . . there are involved in this case very exceptional circumstances.* — 21. **Kriegsrecht,** here = Kriegsgericht, *court-martial.* — 28. **Ausgestandene Untersuchungshaft,** *term of imprisonment served while awaiting trial.*

55. 17. **Mur,** a river in Styria. — 18. **Schlosses Ehrenhausen,** a castle near a hamlet, by the same name, in Styria.

56. 25. **als lebten . . . entgegen,** *as though they were not destined to the changeful vicissitudes.* — 28. Note the position of the verb in the last two clauses. Cf. Note on 4, 27.

VOCABULARY

VOCABULARY

In case of words of more than one syllable the accent is given. The vowel lengths are also generally marked where the pronunciation is not according to rule. The plural of most nouns is given, but is omitted when it should be obvious from some general rule. The separable prefixes of verbs are indicated by an accent. In case of prefixes which may or may not be separable, the accent shows which it is for a word occurring in this text. The principal parts of strong or irregular verbs are given, and this is indicated in the case of compound verbs, the simple forms of which are found in this vocabulary, by *S.* or *irreg.* Verbal nouns, with the same form as the infinitive, and adjectives used as nouns or adverbs, are generally not designated.

A

abbrechen, *S.*, pluck.

A'bendhimmel, *m.*, -s, evening heavens.

a'bends, evenings.

A'bend, *m.*, -s, -e, evening; eines -s, one evening.

A'bendstunde, *f.*, evening hour.

A'benteuer, *n.*, -s, —, adventure.

a'ber, but.

a'bermāls, again.

ab'fallen (fiel, gefallen), fall off.

ab'fordern, demand of.

ab'gelegten Kittel, *tr.*, coat which he had taken off.

ab'gemagert, worn, emaciated.

ab'gerissen, worn, tattered.

Ab'grund, *m.*, -es, ⸚e, abyss, chasm.

ab'halten (hielt, gehalten), restrain.

Ab'hang, *m.*, -s, ⸚e, slope, mountain side.

ab'hangen (hing, gehangen), depend.

ab'legen, lay off.

ab'nēhmen (nahm, genommen), buy from.

ab'schließen (schloß, geschlossen), lock.

abseits', aside, away from.

Ab'sicht, *f.*, intention.

ab'spielen (sich), be enacted.

ab'stürzen, fall.

ab'tun, *S.*, settle.

ab'wehrend, deprecatingly.

ab'wenden, take from.
Ab'zeichen, *n.*, –es, –e, mark of distinction, *or* rank.
ach, oh.
Ach'sel, *f.*, shoulder.
acht'geben, take care, beware.
ach'ten (auf jemand), pay heed to; (*with gen.*), pay heed.
acht'zehnt, eighteenth.
Äch'zen, *n.*, –s, groaning.
Ac'ker, *m.*, –s, ", field; an Äckern vorüber, past fields.
aha', aha.
ah'nen, surmise, divine.
all, all; vor –em, above all.
allein', alone, but; nicht —, not only.
allerdings', to be sure.
al'lerlei, all sorts of, all kinds of; all sorts of things.
al'les, everyone.
allmäh'lich, gradually.
all'seitig, general.
allsogleich', at once.
all'zu, too, altogether too.
allzusehr', so very much.
als, as if, as, when, than, except; als ob, as if.
al'so, therefore, then.
alt, old.
Altar', *m.*, –s, "e, altar.
al'ternd, senescent, growing old.
an, before, beside, of, against, on, under; — der, of which.
An'blick, *m.*, –es, view, spectacle.
an'blicken, look at, eye; von der Seite —, eye askance.
an'brennen (brannte, gebrannt), light.
An'dacht, *f.*, devotion.
an'der, other, next; nichts an'dres, nothing else; die an'dern, the others; was an'dres, what else.
an'derswo, elsewhere.
an'einander geraten (geriet, geraten), get at each other.
an'einanderschlagen, *S.*, strike against each other.
an'fallen, *S.*, attack.
an'fangen, *S.*, begin.
an'geboren, inherent.
an'gefeuert, encouraged.
an'gehäuft, piled up.
an'gehen (ging, gegangen), concern.
an'gekleidet, clothed, dressed.
An'gelegenheit, *f.*, affair.
an'gemessen, appropriate.
an'getan, clothed.
an'greifen (griff, gegriffen), attack, set upon.
An'greifer, *m.*, –s, —, assailant.
An'gesicht, *n.*, –s, –er, face, brow.
ängst'lich, anxiously.
An'klage, *f.*, accusation.
an'kommen, *S.*, *in* Georg kam . . . an, G. fell to listening involuntarily.
An'kömmling, *m.*, –s, –e, newarrival.

an'langen, reach.
an'lassen, *S.*, accost.
an'legen, put on.
an'muten, appeal to; beam upon.
an'mutig, pleasant.
an'nehmen (nahm, genommen), suppose, assume.
an'rechnen, charge to, be accounted.
an'rühren, touch.
ans = an das.
an'schicken (sich), prepare.
an'schneiden (schnitt, geschnitten), (start to) cut.
an'sehen (sah, gesehen), look at, look upon, see; — (sich), look at each other.
an'setzen, *in* das Messer —, prepare to cut.
An'spruch, *m.*, –es, ⁼e, claim, right.
an'steigend, rising, towering.
an'stellen (sich), behave, do.
an'stimmen, intonate.
an'stoßend, adjacent.
Ant'litz, *n.*, –es, face.
an'treffen (traf, getroffen), meet, find.
an'vertrauen, entrust to.
Ant'wort, *f.*, answer.
ant'worten, answer.
An'wesen, *n.*, –s, property, home.
An'wesende, *m.*, *from* anwesend, present; *pl. tr.* the congregation.
An'wesenheit, *f.*, presence.
An'zahl, *f.*, number.
an'ziehen (zog, gezogen), put on.
an'zünden, light, ignite.
Ar'beit, *f.*, work.
ar'beiten, work, do; *in* arbeitete es, there was (violent) commotion.
Ar'beiter, *m.*, –s, —, laborer; –in, *f.*, woman laborer.
arg, terrible, badly.
Arm, *m.*, –es, –e, arm.
arm, poor; so ein armes, such a poor.
Är'mel, *m.*, –s, —, sleeve.
Arrestant', *m.*, –en, –en, prisoner.
Art, *f.*, sort, kind.
Ast, *m.*, –es, ⁼e, branch.
A'tem, *m.*, –s, breath.
at'men, breathe.
A'temgeräusch, *m.*, –(e)s, noise of breathing.
auch, too, also, and.
Au'ditor, *m.*, –s, judge-advocate; der Herr —, the same.
Au'e, *f.*, plain.
auf, on, over, upon.
auf'atmend, taking breath, relieved.
auf'blicken, look up.
auf'brechen, *S.*, depart, leave.
Auf'bruch, *m.*, –s, exodus.
auf'brüllen, bellow.
Auf'dringlichkeit, *f.*, importunity.
auf'erlegen, impose upon.

auf'finden, *S.*, find.
auf'fordern, ask, request.
auf'geben, *S.*, give up.
auf'gedunsen, bloated.
auf'= und ab'gehen, *S.*, walk to and fro.
auf'= und nie'dergehen, *S.*, walk back and forth.
auf'gehäuft (*from* aufhäufen), shocked.
auf'gekrämpelt, rolled up.
auf'lesen (las, gelesen), pick up.
auf'lohen, flame up, arise.
auf'nehmen (nahm, genommen), take up, take.
auf'ragen, tower.
auf'recht erhalten, *S.*, maintain.
Auf'regung, *f.*, excitement.
auf'richten, put up, erect.
Auf'richtende, *m.*, one straightening up, *or* arising.
auf'schlagen, *S.*, cast up, erect.
auf'schließen (schloß, geschlossen), unlock.
auf'schrecken (schrak, geschrocken), startle.
auf'= und nie'derschreiten, *S.*, walk back and forth.
auf'sehen, *S.*, look up.
Auf'seher, *m.*, -s, —, overseer, foreman.
auf'sprengen, burst open.
auf'springen (sprang, gesprungen), leap up.
auf'stehen (stand, gestanden), get up, arise.
auf'stieben (stob, gestoben), fly up, *or* about.
auf'stören, startle.
auf'suchen, look up.
auf'trennen, rip, open.
Auf'tritt, *m.*, -es, -e, scene, event.
auf'tun (tat, getan), open.
auf'wachsen (wuchs, gewachsen), grow up.
auf'wallen, boil (up).
auf'weisen (wies, gewiesen), to display.
auf'= und nie'derwogen, surge back and forth.
auf'ziehen, *S.*, raise.
Auf'zug, *m.*, -(e)s, ⸚e, appearance.
Aug(e), *n.*, -es, -en, eye.
Au'genblick, *m.*, -es, -e, moment.
Au'genbraue, *f.*, eye-brow.
au'genscheinlich, evidently.
aus, out of, from.
aus'bezahlen, pay out.
aus'blasen (blies, geblasen), blow out.
aus'breiten (sich), spread out, spread.
Aus'druck, *m.*, -s, expression.
auseinan'der fahren, *S.*, separate suddenly.
auseinan'der reißen, *S.*, tear apart.
aus'findig machen, learn about, ferret out.
aus'führen, carry out, execute.

aus'geben, *S.*, spend, give out.

aus'gebreitet, out-spread, extensive.

aus'gedient, retired; –er Soldat, soldier who has served his time.

aus'gerüstet, provided.

aus'halten (hielt, gehalten), stand, endure.

aus'leeren, empty.

aus'legen, lay out.

aus'malen, depict.

aus'mauern, plaster, wall up.

Aus'nahmefall, *m.*, –es, ¨e, (exceptional) case.

aus'nehmen, *S.*, appear, look.

aus'reden, finish speaking.

Aus'sehen, *n.*, appearance.

aus'sehen (sah, gesehen), appear, look.

aus'stecken, extend, show.

aus'tragen, *S.*, settle.

aus'treiben, *S.*, will dir das —, will cure you of.

aus'weichen (wich, gewichen), evade.

Äu'ßere, *n.*, exterior, dress.

au'ßerhalb, outside of.

aus'ziehen (zog, gezogen), take off.

Azur', *m.*, –s, azure.

B

Backstein, *m.*, –s, –e, brick.

Bahn, *f.*, track, railroad.

Bahn'geleise, *n.*, (railroad) track.

Bahn'wärterhaus, *n.*, –es, ¨er, house of a railroad-watchman.

bald, soon.

Bäl'de, *f.*, in —, soon.

bal'len, clench.

bang, anxious.

Bank, *f.*, ¨e, bench, pew, table.

bar'fuß, bare-footed.

barsch, gruff.

Bärt'chen, *n.*, –s, small beard, moustache.

bau'en, build.

Bau'er, *m.*, –s, –n, farmer.

Bau'ernsitte, *f.*, peasant custom, *or* fashion.

Bau'erstochter, *f.*, ¨, peasant's daughter.

Bau'gerüst, *n.*, –(e)s, –e, scaffolding, house in course of construction.

Bau'leitung, *f.*, construction force, staff of engineers.

Baum, *m.*, –es, ¨e, tree; –ast, *m.*, –es, ¨e, stick, branch.

bau'schend, fluffy.

beach'ten, notice.

bebau'en, cultivate.

be'ben, tremble.

be'bend, trembling.

bedacht', concerned.

beden'ken (bachte, bacht), consider.

bedeu'ten, signify.

bedie'nen (sich), *with genitive*, make use of.

been'den, conclude, finish.
befah'ren (fuhr, fahren), ride (over).
Befehl', *m.*, –s, –e, command.
befin'den (sich), be, find oneself, act.
befol'gen, follow, obey.
befrem'det, surprised.
bege'ben (gab, geben), (sich), betake oneself.
Bege'benheit, *f.*, event.
begeg'nen (sich), meet.
bege'h(e)n, *S.*, commit, perpetrate.
Begeh'ren, *n.*, –s, desire; fragte nach ihrem —, asked what she wanted.
begin'nen (begann, begonnen), begin.
beglei'tet, accompanied.
begnü'gen (sich), be content, content oneself.
Begnüg'samkeit, *f.*, self-sufficingness.
begren'zen, border on, gird.
Begriff, *m.*, –es, –e, conception, idea; im — stehen, be on the point of.
begrün'den, bring about, found.
Beha'gen, *n.*, –s, pleasure.
behag'lich, leisurely.
behal'ten (hielt, gehalten), keep.
behan'deln, treat.
behau'en, hewn.
behaup'ten, assert.
beher'bergen, shelter.
bei, at, with, during.
bei'de, both; die –n, the two.
beieinan'der, near each other.
bei'fügen, add.
beim = bei dem.
beisam'men, together, near each other.
beiseit'e werfen, *S.*, throw aside.
Bei'stimmung, *f.*, assent.
bekla'gen, regret.
bekom'men (kam, kommen), get; Lust —, feel a desire; übel —, do harm, hurt; wohl —, do good.
bekreu'zen (sich), cross oneself.
Bela'gerung, *f.*, siege.
beleuch'ten, light up.
bemer'ken, notice, remark.
Bemer'kung, *f.*, remark.
bemoost', moss-covered.
benutz'en, use.
bepflanzt', planted.
berau'ben (*with gen.*), rob of.
bereit', willing.
bereits', already.
Bereit'schaft, *f.*, readiness.
Berg, *m.*, –es –e, pile, hill.
berich'ten, relate.
beru'fen (rief, rufen), be called upon, be destined; berufen sein dürfte, may be destined.
beru'higen (sich), quiet or compose oneself.
besagt', aforementioned.
beschäf'tigt, occupied.
Beschäf'tigung, *f.*, work.

Beſchä'mung, *f.*, shame, sense of being mistaken.

beſchei'den (beſchied, beſchieden), (zu ſich), call.

beſchim'pfen, speak evil of.

beſchla'gen, coated, covered.

beſchlei'chen (ſchlich, ſchlichen), come over, take possession of.

beſchlie'ßen (ſchloß, ſchloſſen), resolve.

beſchmutzt', dirty.

beſchwer'lich, arduous.

beſchwing'end, buoyant.

beſetzt', filled.

beſinnen (ſich), recollect.

Beſin'nung, *f.*, sense; um alle — gebracht, deprived him of his wits.

Beſorg'nis, *f.*, -ſe, care.

beſ'ſer, *comp. of* gut.

Beſtä'tigung, *f.*, confirmation, approval.

beſte'hen, *S.*, consist.

beſtel'len, give, communicate to.

Betä'tigung, *f.*, activity, development.

betäubt', dumfounded, dazed.

be'ten, pray.

Be'ter, *m.*, -s, —, church-goer, suppliant.

betrach'ten, survey, look at.

betref'fen (traf, troffen), concern.

beſtimmt', engaged.

betrof'fen, astonished, surprised.

Bet'ſchemel, *m.*, -s, —, praying-stool, bassock.

bet'teln, beg.

betrü'gen (trog, trogen), deceive, wound.

beur'lauben, furlough.

Beu'telchen, *n.*, -s, small pouch.

betrin'ken (ſich), (trank, trunken), become intoxicated.

bevöl'kert, populated, crowded.

bewal'det, wooded.

bewe'gen (ſich), move, agitate.

Bewe'gung, *f.*, motion.

bewoh'nen, inhabit.

bewun'dern, admire.

Bewun'derung, *f.*, admiration.

Bewußt'ſein, *n.*, -s, consciousness.

bezah'len, pay.

Bezah'lung, *f.*, pay.

bezeich'nen, designate.

bezeu'gen, witness.

Bie'ne, *f.*, bee.

Bild, *n.*, -es, ⁼er, image, view; -chen, small picture.

bil'den, form.

bin'den (band, gebunden), tie.

bis, until, up to, to.

bis'her, heretofore.

Biſ'ſen, *m.*, -s, —, bite, mouthful.

biß'chen, bit, little.

bit'ten (bat, gebeten), beg, ask.

bit'ter, bitter, sad.

Bit'terkeit, *f.*, bitterness.

blank, bare (*litly.*, smooth *or* clean).

bla'sen (blies, geblasen), blow.
blaß, pale.
Blatt, *n.*, -es, ¨er, sheet.
blau, blue.
bläu'lich, bluish; -fahl, ashen-blue.
blau'rot, bluish-red.
blei'ben (blieb, geblieben), remain.
bleich, pale.
Blick, *m.*, -es, -e, look, glance.
blick'en, look; vor sich hin—, look down.
blitz'en, shine.
blond, blond.
bloß, only,
blü'hen, bloom.
Blu'me, *f.*, flower.
Blu'menkelch, *m.*, -s, -e, corolla.
Blut, *n.*, -es, blood.
Bo'den, *m.*, -s, floor, ground; zu —, on the ground, to the ground.
Bo'genfenster, *n.*, -s, —, arched window.
Böh'men, Bohemia.
Boh'nenhecke, *f.*, hedge of beans.
Boh'nenzaun, *m.*, -es, ¨e, hedge of beans.
Borg, *m.*, -s, borrowing; auf —, on trust.
bor'gen, trust, sell on trust.
bös, evil, bad, lingering.
bos'haft, malicious.
Bos'heit, *f.*, malice.
Brannt'wein, *m.*, -s, brandy.
Bra'ten, *m.*, -s, —, roast.
Bra'tenstück, *n.*, -(e)s, -e, roast.
brauch'en, need.
braun, brown.
bräun'lich, brownish.
Braut, *f.*, ¨e, bride.
Bräu'tigam, *m.*, -s, bridegroom.
Braut'leute, *pl.*, bridal couple *or* party.
Braut'paar, *n.*, -es, -e, bridal couple.
brech'en (brach, gebrochen), break.
breit, broad.
brei'ten, spread.
bren'nen (brannte, gebrannt), burn.
brenz'lich, burnt.
Bret'terbude, *f.*, board *or* temporary booths.
Bret'terhütte, *f.*, board hut.
bring'en (brachte, gebracht), take, bring; — um etwas, deprive of; zu Stande —, accomplish.
Brot, *n.*, -es, ¨e, bread.
Bruch'stein, *m.*, -s, -e, quarry-stone.
Brust, *f.*, ¨e, breast; vor die —, upon the breast.
Bu'che, *f.*, beech-tree
Büch'lein, *n.*, -s, small book.
bück'en (sich), bend down.
Bu'de, *f.*, booth.
Bün'del, *m.*, -s, —, bundle.
bunt, gay.
Burg'ruine, *f.*, castle ruin.
Busch, *m.*, -es, ¨e, tuft.
bü'ßen, do penance (for).

C

Cho'lera, *f.*, cholera

D

da, since, then, there.

dabei', along with it, withal, with it.

Dach, *n.*, -es, ⸗er, roof.

Dach'luke, *f.*, small window in the roof.

da'durch, by the fact.

da'her, consequently, therefore.

dahin'gehen (ging, gegangen), be spent.

dahin'schwingen (sich), (schwang, geschwungen), dance, move along.

dahin'ter, back of it.

da'mals, then, at that time.

da'mit, with it, with that, with them, thereby, in order that.

däm'mern, break, dawn.

dan'ken, thank.

dan'kend, thankful.

Dan'keswort, *n.*, -es, -e, word of thanks.

dann, then; wenn dann = when.

da'ran, upon it, at it.

daran'gehen (ging, gegangen), go about.

daran lie'gen (mir), I am desirous, I wish.

darauf, thereupon, upon it, to that, for it.

daraus, out of it, from it.

dar'bieten (bot, geboten), offer, afford.

darin, in it.

darob, at it, because of.

dar'tun (tat, getan), represent.

darüber, over this, about it.

darum, therefore.

das, that.

Da'sein, *n.*, -s, existence.

dassel'be, the same, it.

daß, that, so that.

dau'ern, last; dauerte (nicht) lang, was (not) long.

dau'ernd, lasting.

Da'vid, *m.*, David.

davon, of which.

davon'laufen (lief, gelaufen), run away.

davor, before it.

dazu, in unison.

Deck'e, *f.*, cover, quilt.

Deck'el, *m.*, -s, —, cover.

deh'nen (sich), stretch, *tr.* yawn.

dein, your; das Deinige, your (money).

demsel'ben, the same, him.

de'nen (*dat. of demons. or rel.* der), those.

den'ken (dachte, gedacht), think.

denn, for.

den'noch, nevertheless.

der (*demonstr.*), he.

dereinst', sometime, in the future.

de'ren (*gen. pl. of rel.*), whose, of which.

der'jenige, he who.
der'jenigen, those.
der'lei, such.
desgleich'en, the same.
des'halb, therefore.
dessel'ben, the same.
des'sen (*gen. of* der), whose, of which.
des'to, all the; — **mehr,** all the more.
deu'ten, point.
deut'lich, plainly.
deutsch, German.
dicht, dense, close.
Dich'ter, *m.*, –s, —, poet.
die (*demons.*), they, those; she, — *pl. of rel.* der, who.
Dieb, *m.*, –es, –e, thief.
die'jenigen, those.
die'nen, serve.
Dienst, *m.*, –es, –e, work, service.
dienst'lich, *in* in –er Hinsicht, in point of importance.
Dienst'zeit, *f.*, (time of) service.
dies, this.
dies und jenes, this and that.
die'se, the latter, she.
die'ser, –e, –es, this.
die'selbe, it, the same.
dies'mal, this time.
Ding, *n.*, –es, –e, thing, object.
Dir'n(e), *f.*, girl.
dir's = dir es.
doch, anyway, surely.
Dom, *m.*, –s, cathedral.
Do'nau, Danube.
don'nern, thunder?
dop'pelt, doubly.
dort, yonder, there.
Draht, *m.*, –es, wire.
dräng'en (sich), force one's way.
dräng'end, exuberant.
drau'ßen, without, outside, out-of-doors.
dre'hen (sich), dance, glide along in the dance, turn.
dring'end, urgent.
drin'nen, within.
dritt, third.
dro'hen, threaten.
dro'hend, threatening.
Dro'hung, *f.*, threat.
drü'ben, yonder.
drück'en (an sich), hold up close to oneself.
drück'end, oppressive.
drum, therefore.
du, you.
Duft, *m.*, –es, odor.
duf'ten, be fragrant; *tr.* reign.
dul'den, suffer.
dumpf, stolid, dull.
dumpf'ig, musty.
dun'kel, dark-colored, dark.
dun'kelblau, dark-blue.
dun'keln, grow (dark).
dünn, scant.
dünnbär'tig, scantily bearded.
durch, through, by.
durchbohrt', transfixed.
durchrie'seln, course through.

durch′setzen, bring it about.
durchzie′hen (zog, gezogen), pervade.
dür′fen (durfte, gedurft), may, can.
dürf′tig, scanty, poor.
dur′stig, thirsty; wirst — sein, are undoubtedly thirsty.

E

e′ben, even, level, just.
e′benfalls, likewise.
e′he, before.
ehr′lich, honorable.
Ei′che, *f.*, oak.
Ei′fer, *m.*, -s, industry, zeal.
ei′frig, busily, earnestly.
ei′gen, own.
ei′gens, especially.
eigentüm′lich, peculiar, strange.
Ei′le, *f.*, hurry.
ei′len, hasten.
ei′lig, hurriedly.
ein, a, one.
ein′dringen (drang, gedrungen), (auf jemand), bear down upon, make for.
ein′dringlich, vehement, urgent.
Ein′druck, *m.*, -es, ⁿe, impression.
ei′ne, one.
ei′nes, one.
ein′fallen, *S.* (*with dat.*), occur (to one).
ein′fach, simple.
ein′fassen, surround.
ein′finden, *S.* (sich), gather.
ein′förmig, monotonous.
Ein′gang, *m.*, -es, entrance.
ei′nige, several.
einigermaß′en, somewhat.
ein′ladend, invitingly.
ein′liefern, give up to the authorities, give up, bring.
ein′mal, once more, once; noch —, once more; schon —, once before.
ein′nähen, sew in.
ein′nehmen (nahm, genommen), occupy.
eins, one thing; noch —, one thing more.
ein′sam, solitary, lonely, quiet.
Ein′same, *f.*, solitary one.
Ein′samkeit, *f.*, solitude.
ein′schieben (schob, geschoben), place *or* slip in.
ein′schlafen (schlief, geschlafen), go to sleep.
ein′schlagen, *S.*, break down, take.
ein′schließen (schloß, geschlossen), lock up.
Ein′sicht, *f.*, insight.
ein′sperren, lock up.
einst, formerly, once.
ein′stellen (sich), arrive, make itself felt; —, discontinue, quit.
einstwei′len, for the time being.
ein′tönige, monotonous.
Ein′tracht, *f.*, harmony.
ein′treten (trat, getreten), step in.

Ein′vernehmen, *n.*, –s, friendship.

ein′ziges, *in* es ist mein —; *tr.* it is all I have.

Ei′sen, *n.*, –s, iron.

Ei′senbahnbaute, *f.*, feat of railway construction.

elek′trisch, electric.

E′lend, *n.*, –s, misery, misfortune.

e′lend, miserable.

E′lende, *m.*, *from* elend, miserable.

El′tern, *pl.*, parents.

Empfang′, *in* in — nehmen, to receive, take.

empfin′den (fand, funden), feel.

Empfind′ung, *f.*, feeling; sensation.

empor′bäumen (sich), rear up.

empor′drücken, brush back *or* upward.

empö′ren (sich), revolt, protest.

empor′heben (hob, gehoben), raise.

empor′ragen, tower aloft.

empor′schrecken (schrack, geschrocken), be startled.

empor′schreiten, *S.*, walk upwards.

empor′sehen, *S.*, look up.

empor′spähen, look up.

empor′streichen, *S.*, brush upward.

empor′winden (wand, gewunden), wind.

em′sig, industrious, busy.

En′de, *n.*, –s, –en, end; zu —, at an end.

en′den, come to an end, finish.

end′lich, finally.

end′los, unceasing, steady.

eng, narrow, tight.

entdeck′en, discover.

entfal′ten, unfold.

entfer′nen (sich), leave, take one's leave.

entfernt′, distanced.

entge′gen lächeln, smile at.

entge′gen eilen, hurry towards.

entge′genschlagen (schlug, geschlagen), meet.

entge′genschreiten, *S.*, go towards.

entge′gentreten, *S.*, meet, *tr.* had been revealed, oppose.

enthal′ten (hielt, halten), contain.

entle′gen, distant.

entlock′en, elicit.

entsa′gen, renunciate, resign.

Entschei′dung, *f.*, decision.

entschlie′ßen (schloß, schlossen), (sich dazu), decide to do a thing; — (sich), resolve.

Entschlos′senheit, *f.*, determination.

Entschluß′, *m.*, –ses, ⸗e, resolution.

Entsetz′te, *f.*, *from* entsetzt′, horrified.

entsin′nen (sann, sonnen), bethink.

er, he.

erbar'men (sich, *with gen.*), take pity on.
erbau'en, build.
erblick'en, see.
Erb'teil, *n.*, –es, inheritance.
Er'de, *f.*, earth, ground.
erdröh'nen, resound.
erdul'det, suffered.
erfah'ren, *S.*, experience.
erfaßt', seized.
Erfolg', *m.*, –(e)s, –e, success.
erfol'gen, take place.
erfül'len, imbue, fill, inspire.
ergän'zen, supply.
ergie'ßen (ergoß, ergossen), run, flow.
erglü'hend, glowing.
ergraut', grizzled.
ergrei'fen (griff, griffen), seize, lay hold of; —, *in* ergriffen wurde, was moved.
erhal'ten, *S.*, receive; support; Bescheid —, be told.
erhe'ben (sich), *S.*, arise, rise.
erheb'lich, important.
erhitzt', heated, warm.
erho'ben, raised.
Erin'nerung, *f.*, recollection.
erken'nen (kannte, kannt), recognize; schuldig —, find guilty.
erklä'ren, declare.
erkling'en (klang, klungen), resound.
erlau'ben (sich), take the liberty.
Erlaub'nis, *f.*, permission.
erle'digen, settle.
erlit'ten, suffered.
ernst, sober, stern, earnest.
eröf'fnen, reveal.
Eröf'fnung, *f.*, opening.
erpro'ben, try, test.
erra'ten (riet, raten), guess.
Erre'gung, *f.*, excitement, agitation.
erreich'en, reach.
errö'ten, blush.
Errun'genschaft, *f.*, achievement.
erschal'len, resound, sound; — lassen, ring.
erschei'nen (schien, schienen), appear.
Erschei'nung, *f.*, appearance.
erschla'gen, *S.*, slay.
Erschla'gene, *m.*, the slain.
erschlie'ßen (schloß, schlossen), unfold, reveal, open.
Erschö'pfung, *f.*, exhaustion.
erschrock'en, frightened.
ersetz'en, take the place of.
erst, first, only.
Erstau'nen, *n.*, astonishment.
erstaunt', astonished.
erste'hen, *S.*, buy.
ertei'len, grant, give.
ertö'nen, resound.
erwach'en, awake.
Erwä'gung, *f.*, consideration.
erwähnt', above-mentioned.
Erwar'ten, *n.*, expectation.
erwar'ten, expect.
Erwar'tung, *f.*, expectation.

erwart'ungsvoll, expectant.
Erwart'ungsvolle, *f.*, the expectant one.
erwei'sen (wies, wiesen), show.
erwer'ben (warb, worben), earn.
erwi'dern, reply.
erzäh'len, relate, tell.
erzeu'gen, produce, call forth.
erzwung'en, unnatural.
es, it.
Es'sen, *n.* (*verbal noun*), *tr.* meal.
es'sen (aß, gegessen), eat.
Eß'zeug, *n.*, –(e)s, table-ware such as knives, forks, etc.
et'wa, possibly, probably, about.
et'was, anything, somewhat, something; noch —, something more.
euch, you.
eu'er, your.

F

Fa'den, *m.*, –s, ⸚, thread.
fa'denscheinig, threadbare.
fahl, sallow.
fah'ren, *in* fuhr mit der Hand nach der Stirne, put his hand to his forehead.
Fähr'lichkeit, *f.*, danger.
Fahrt, *f.*, journey, ride.
Fall, *m.*, –es, ⸚e, case, blow; in — der Notwehr, in self defence.
fal'len (fiel, gefallen), fall; in die Augen —, catch one's eye.
fal'ten, fold.
Fal'ter, *m.*, –s, —, butterfly.
Far'be, *f.*, color, (regimental) color.
fär'ben (sich), color.
far'big, colored.
farb'los, lifeless.
Farn'kraut, *n.*, –s, ⸚er, fern.
fas'sen (sich), collect oneself; —, grasp; Mut —, take courage.
fast, almost, hardly.
faul, rotten, bad.
Faust, *f.*, ⸚e, fist.
Fe'der, *f.*, feather.
fei'erlich, solemn.
feig, cowardly.
Feig'heit, *f.*, fear, cowardice.
Feilsch'ende, *m.*, *from* feilsch'en, haggle.
fein, drizzling.
feist, plump, fat.
Feld, *n.*, –es, –er, field, ground.
Fels, *m.*, –ens, rock.
Fel'senzacke, *f.*, projecting rock.
Fels'wand, *f.*, ⸚e, rocky wall.
Fen'ster, *n.*, –s, —, window.
fern, far; — ab, far away.
Fer'ne, *f.*, distance.
Fern'sicht, *f.*, view.
fer'tig, finished.
Fer'tigkeit, *f.*, ready wit, ability.
Fes'sel, *f.*, –n, shackle.
fest, steady, firm.
fest'halten (hielt, gehalten), preserve.
fest'klammern (sich), cling to.
fest'lich, gaily, festive.
fest'machen, fasten.

fett, fat.
fett'triefend, dripping with fat.
feu'rig, fiery.
Ficht'enwald, *m.*, –es, ⸚er, pine forest.
Ficht'enschößling, *m.*, pine sapling.
Fie'ber, *n.*, –s, fever.
fie'bersiech, fever-stricken.
fie'deln, fiddle.
fin'den (fand, gefunden), find.
flachs'haarig, flaxen haired.
Flämm'chen, *n.*, –s, small flame.
flam'mend, angrily.
Flasch'e, *f.*, flask.
flat'tern, flutter.
Fleisch, *n.*, –es, meat.
flei'ßig, industriously.
flie'gen (flog, geflogen), fly.
flie'ßen (floß, geflossen), flow.
fluch'en, swear.
flüch'tig, hasty.
Flur, *m.*, –s, entrance-hall.
Fol'ge, *f.*, consequence; — leisten, obey.
fol'gen, follow.
fol'gend, following.
for'dern, ask.
For'derung, *f.*, demand.
fort'blühen, bloom (on).
fort'eilen, hasten on.
fort'erben (sich), be transmitted.
fort'fahren (fuhr, gefahren), continue.
fort'führen, lead away, arrest.
fort'geh(e)n, *S.*, go away, leave.
fort'jagen, drive away, discharge.
fort'lassen (ließ, gelassen), let go.
fort'leben, live on, flourish.
fort'schaffen, take away.
fort'scheuchen, frighten away,
fort'schlafen, *S.*, sleep on.
Fort'schritt, *m.*, –es, –e, progress.
fort'setzen, continue.
Fra'ge, *f.*, question.
fra'gen, ask; — nach, inquire about.
Frau, *f.*, –en, wife.
Fräu'lein, *n.*, –s, young woman.
frech, insolent.
frei'geben, *S.*, release.
frei, free; — und ledig, free and her own master.
frei'lich, to be sure, of course.
fremd, strange, foreign, distant.
Freu'de, *f.*, joy.
freund'lich, friendly, in a friendly manner.
Frie'de, *m.*, –ns, peace.
fried'lich, peaceful.
frisch, fresh; auf –er Tat, in the commission of the deed.
Frist, *f.*, *in* in kürzester —, in a very short time.
froh, glad.
fröh'lich, contented, happy.
Fröh'lichkeit, *f.*, joy.
früh, early.
Frü'he, *f.*, early morning.
frü'her, before.

füg'ſam, submissive.
füh'len (ſich), feel oneself to be.
füh'len, feel.
Fuh're, *f.*, load.
füh'ren, handle, lead.
füh'rend, putting.
Fuhr'werk, *n.*, –(e)s, –e, vehicle.
fül'len, fill.
fünf- oder ſechsmal, five or six times.
fünf'zehn, fifteen.
fünf'zig, fifty.
Fun'ke, *m.*, –n, –n, spark.
fun'keln, sparkle.
für, for.
Fur'che, *f.*, furrow, wrinkle.
furcht'bar, terrible.
fürch'ten, fear.
furcht'ſam, timidly.
fürs = für das.
Fuß, *m.*, –es, ⸗e, foot.
Fuß'pfad, *m.*, –(e)s, –e, foot-path.

G

Ga'bel, *f.*, fork.
gack'ern, cackle.
gaf'fen, stare.
Gaf'fer, *m.*, –s, —, looker-on.
gäh'nend, yawning.
Gal'genſtrick, *m.*, –es, –e, gallow's bird.
Gang, *m.*, –(e)s, ⸗e, walk.
Gans, *f.*, ⸗e, goose.
ganz, quite, entire, whole; das Ganze, the whole (object).
gänz'lich, entirely.
gar, quite, even, very; — **nicht**; not at all.
Gar'niſons-Stock'haus, *n.*, –es, military prison.
Gaſ'ſe, *f.*, street.
ge'ben (gab, gegeben), give; es gibt, there is; was gibt es bei euch? what do you have?
gebie'teriſch, imperatively.
Gebirgs'luft, *f.*, ⸗e, mountain air.
Gebirgs'natur, *f.*, mountain landscape.
geblen'det, shuttered.
Gebot', *n.*, –es, –e, command.
Gebot'ene, *n.*, *past. part. of* bieten (bot, geboten), to offer.
gebre'chen (gebrach, gebrochen), (einem an), to lack.
gedämpft', subdued, softened.
Gedank'e, *m.*, –en, –en, thought.
gedank'enlos, absent-mindedly, dumfounded.
gedank'envoll, troubled.
gedeckt', set.
gedehnt', drawn out.
gedenk'en (gedachte, gedacht), think of, remember.
gedrückt', *from* drücken, to press.
Gefahr', *f.*, danger; es hat —, there is danger.
gefahr'los, without danger.
Gefal'len, *m.*, –s, favor.
Gefang'ene, *m.*, prisoner.
Gefäng'nis, *n.*, –ſes, –e, prison.

gefaßt' (sein, auf etwas), be prepared for a thing.

Gefil'de, *n.*, –es, –e, field, meadow.

Gefühl', *n.*, –s, –e, feeling.

gefüllt', filled.

ge'gen, toward, towards, contrary to.

ge'genseitig, mutually.

Ge'genstand, *m.*, –s, ⸗e, object.

Ge'genteil, *n.*, *in* im —, on the contrary.

gegenü'ber, in the face of.

gehängt', hung.

geheim', secret.

geheim'halten, *S.*, keep secret.

ge'h(e)n (ging, gegangen), go; nun ging es an ein Schmausen, now they fell to feasting.

geho'ben, exalted, fired, elated, high, exultant.

gehö'ren (*with dat.*), belong to.

Gei'er, *m.*, –s, —, vulture.

Gei'ernest, *n.*, –s, –er, vulture's nest.

Gei'ge, *f.*, violin.

Geist, *m.*, –es, –er, mind.

gei'zig, greedy, stingy.

geklei'det, clothed.

Geklirr', *n.*, –s, clank.

Geläch'ter, *n.*, –s, laughter.

gelas'sen, calmly.

Geld, *n.*, –es, money.

Geld'stück, *n.*, –es, –e, coin.

Gele'genheit, *f.*, opportunity.

Gelei'se, *n.*, –s, track.

gelb, yellow.

geleert', emptied.

gel'ten (galt, gegolten), be a question of.

Gemach', *m.*, –es, ⸗er, apartment.

gemäß', according to.

gemein'sam, common, mutual, in common.

Gemein'schaft, *f.*, company.

gemein'schaftlich, common, in common.

gemes'sen, in a dignified manner.

Gemur'mel, *n.*, –s, low tones.

Gemü'se, *n.*, –es, vegetables.

Gemüt', *n.*, –es, –er, heart, nature.

genau', close.

Gendarm', *m.*, –s, policeman; *pronounce* schangdarm'.

Genick', *n.*, –(e)s, neck.

genie'ßen (genoß, genossen), drink, enjoy.

Genos'sin, *f.*, comrade.

Genos'se, *m.*, –n, –n, fellow-laborer.

Gen'tiane, *f.*, gentian.

genug', enough.

Genuß', *m.*, –es, ⸗e, joy, pleasure.

geöf'fnet, opened.

Georg', George.

geprie'sen, famous.

gerad', straight; –en Wegs, straightway.

gerad'e, just.

geräu'mig, spacious.
geräusch'voll, heavily.
Gericht', *n.*, –es, –e, *in* vor —, into court.
Gericht', *n.*, –(e)s, –e, dish.
gericht'et, fixed.
Gerichts'akt, *m.*, –es, –en, legal affair.
gern; ich bin nicht —, &c., I do not like, etc.; ich tu's ja —, I am glad to do it; möchte —, should like to.
Geröll', *n.*, –s, gravel, rubble.
gerö'tet, flushed.
Gesang', *m.*, –es, ⁻e, song.
geschäft'igt, busy, active.
gesche'hen (geschah, geschehen), happen.
Geschich'te, *f.*, story.
Geschlecht', *n.*, –es, –er, generation; sex.
geschlos'sen, closed.
Geschmei'de, *n.*, –s, ornament.
geschmückt', ornamented.
Geschich'te, *f.*, affair.
geschnit'ten, cut, *from* schneiden.
Geschöpf', *n.*, –es, –e, creature.
geschwei'ge, to say nothing of.
geschwung'en, raised.
geseg'net, blessed, happy.
Gesell', *m.*, –en, –en, fellow man.
gesenkt', bowed.
Gesicht', *n.*, –(e)s, –er, face.
Gesichts'zug, *m.*, –es, ⁻e, facial lineament.
Gesims', *n.*, –es, cornice.
Gesin'de, *n.*, –s, body of servants.
Gestalt', *f.*, form.
gestal'ten, shape.
gestat'ten, allow.
gestei'gert, increased, heightened.
ges'tern, yesterday; — früh, yesterday morning.
gestreckt', stretched.
gestützt', supported.
Gesuch', *n.*, –es, –e, application.
getrie'ben (*from* treiben), *S.*, impel, drive.
getrof'fen, struck.
Getrof'fene *m.*, *from* treffen (traf, getroffen), strike; *tr.* stricken.
getrost', *in* — von hinnen gehen, go home assured.
getröst'et, consoled.
geübt', *from* üben, practice.
gewah'ren, notice.
Gewalt', *f.*, force.
gewal'tig, powerful, great.
gewalt'sam, arbitrary.
Gewalt'tat, *f.*, deed of violence.
Gewand', *n.*, –es, ⁻er, dress.
gewen'det, *from* wenden, turn; *tr.* turning.
Gewinn', *m.*, –(e)s, profit.
Gewirr', *n.*, –s, tumult.
Gewis'sen, *n.*, –s, conscience.
Gewis'sensbiß, *m.*, –es, –e, pang of conscience.
gewiß', certain.
Gewo'ge, *n.*, –s, sound.

gewöhn'lich, ordinary, usual.
Gezänk, *n.*, -es, brawl.
geziert', adorned.
gie'rig, greedily.
gie'ßen (goß, gegossen), pour.
gif'tig, venomously.
Glas, *n.*, -es, ⸚er, glass.
Glas'perle, *f.*, glass bead.
glau'ben, believe.
gleich, like, same, at once, equal, immediately; — darauf, soon after.
gleich'falls, also.
gleich'gültig, unfeelingly, indifferently.
gleich'sam, as it were.
Glied, *n.*, -es, -er, member.
Glock'e, *f.*, bell.
Glock'enton, *m.*, -s, ⸚e, peal of a bell.
Glück, *n.*, -es, happiness.
glück'en, *in* glückt es mir, I shall succeed.
glück'lich, happy.
glü'hen, glow.
Gold, *n.*, -es, gold.
gol'den, golden.
Go'liath, Goliath.
gön'nen (sich), allow oneself; —, vouchsafe; nicht —, begrudge.
Gram, *m.*, -es, sorrow.
gräm'lich, sour.
Gras, *n.*, -es, ⸚er, grass.
gräß'lich, horrible.
grau, gray.
grau'sam, terrible.
Grau'sen, *n.*, -s, horror.
grei'fen (griff, gegriffen), seize.
grell, glaring.
Grenz'scheide, *f.*, boundary.
Griff, *m.*, -es, -e, handle.
grim'mig, angry; fierce.
grob, coarse.
groß, great, large.
groß'häuptig, large topped.
grün, green, verdant.
grün'lich, greenish.
Grup'pe, *f.*, group.
Gruß, *m.*, -es, ⸚e, greeting.
Grütz'e, *f.*, gruel.
Gul'den, *m.*, -s, —, florin (= 48½c U. S. money).
Gul'dennote, *f.*, florin (note).
Gunst, *f.*, favor; zu -en, in favor of.
gut, good, well.
gut'mütig, good-natured.
gut'willig, willingly.

H

Haar, *n.*, -es, -e, hair; *also collective.*
Haar'flechte, *f.*, braid (of hair).
ha'ben, *irreg.*, have.
halb, partly, half.
halb'laut, under (her) breath.
Halb'kreis, *m.*, -es, -e, semicircle.
Hälf'te, *f.*, half.
Hals, *m.*, -es, ⸚e, throat, neck.
Hals'tuch, *n.*, -(e)s, ⸚er, neckerchief.

hal'ten (hielt, gehalten), hold, keep, consider, fasten; hältst es mit, are a confederate of, side with.
hä'misch, malicious.
Ham'mer, *m.*, –s, ¨, hammer.
häm'mern, hammer.
Hand, *f.*, ¨e, hand.
Hand'bewegung, *f.*, motion of the hand.
Hän'dedruck, *m.*, –s, hand-shake.
Hän'deklatschen, *n.*, –s, clapping of hands.
han'deleins werden, make a bargain, buy.
han'deln (sich), be a question of.
Händ'ler, *m.*, dealer.
Hand'werk, *n.*, –s, –e, trade.
häng'en, hang.
harm'los, innocently.
hart, difficult, arduous, harsh, hard, severely; — an, close by.
has'sen, hate; — bis aufs Blut, hate bitterly.
Haß, *m.*, –es, hate.
Hauch, *m.*, –es, breath.
Haupt, *n.*, –es, ¨er, head.
Haupt'stadt, *f.*, capitol city.
Haus, *n.*, –es, ¨er, house; nach —, home; zu —, at home.
Häus'chen, *n.*, –s, small house.
Haut'farbe, *f.*, complexion, tint, hue.
he'ben (sich) (hob, gehoben), increase, grow, raise.
He'bung, *f.*, height.
hef'tig, violent.
hehr, noble.
Hei'din, *f.*, heathen.
hei'lend, healingly, beneficially.
hei'lig, sacred, holy.
heim'schicken, furlough.
Heim'weg, *m.*, –(e)s, homeward way.
hei'raten, marry.
hei'ser, hoarse, raucous.
heiß, hot.
hei'ßen (hieß, geheißen), command, ask, be said.
hei'ter, gay.
hel'fen (half, geholfen), help, aid.
hell, bright.
Hel'le, *f.*, tranquillity.
Hemd'ärmel, *m.*, –s, —, shirt sleeve.
Hen'kelglas, *n.*, –es, ¨er, glass (with a handle).
herab'fallen (fiel, gefallen), sink, hang, fall (down).
herab'gelassen, *from* herablassen, *S.*, let down.
heran'kommen (kam, gekommen), approach.
heran'nahen, approach.
heran'rücken, approach.
heran'schleichen (schlich, geschlichen), (an ihn), overtake him.
heran'treten (trat, getreten), step up to.
heran'wachsen, *S.*, grow up.
heran'ziehen (zog, gezogen), draw near, draw up close.

herauf'kommen (kam, gekommen), come up.

herauf'schicken, send up.

heraus'bekommen, *S.*, get back.

heraus'blicken, look out.

heraus'fühlen, understand.

heraus'geben, *S.*, give up.

heraus'kommen, *S.*, come out.

heraus'lassen, *S.*, let out.

heraus'treten, *S.*, step out.

herbst'lich, autumnal.

Herd, *m.*, –es, hearth.

herein', in.

herein'brechen, *S.*, break in (upon).

herein'fallen, *S.*, fall in, enter.

herein'treten, *S.*, enter.

Her'gang, *m.*, –s, affair.

her'gehen, *S.*, become.

herku'lisch, Herculean.

Herr, *m.*, –en, –en, man, gentleman.

Herr'gott, *m.*, –s, God.

herr'lich, grand.

Herr'lichkeit, *f.*, beauty, beautiful thing.

herr'schen, rule, be dominant, reign.

her'stellen, build.

hervor'rieseln, issue forth.

hervor'ziehen (zog, gezogen), take forth, draw forth.

her'über, over; — von, over from.

herum'ziehen (zog, gezogen), wander about; be out for a walk.

hervor'bringen (brachte, gebracht), produce.

hervor'drängen (sich), make itself felt.

hervor'eilen, hasten forth.

hervor'heben (hob, gehoben), accentuate.

hervor'holen, take out.

hervor'sehen (sah, gesehen), look forth, extend, appear, peep out.

hervor'stoßen (stieß, gestoßen), ejaculate.

hervor'suchen, take, get.

hervor'treten, *S.*, — ließ, set off.

Herz, *n.*, –ens, –en, heart; näher am –en liegen, be more important.

Herz'eleid, *n.*, –s, heart-ache.

heu'te, today.

heut'zutage, today.

hier, here.

her'auf, hereupon, then.

hier'zu, to this effect.

hilf'los, helpless.

Him'mel, *m.*, –s, —, heaven.

hin' und wie'der, now and again.

hinab'beugen, bend down.

hinab'fahren, *S.*, wheel down lead down.

hinab'schauen, look down.

hinab'steigen, *S.*, descend.

hinab'stoßen, *S.*, push down.

hinan'reichen, be equal to, adequate to.

hinan'schleppen, carry (with difficulty).
hinan'schreiten (schritt, geschritten), stride, walk, go up.
hinan'steigen, *S.*, ascend.
hinauf,' up.
hinauf'wagen (sich), venture up.
hinauf'steigen (stieg, gestiegen), go up.
hinaus'! out!
hinaus'blicken, gaze out.
hinaus'packen (sich), get oneself off.
hinaus'treten (trat, getreten), step out.
hinaus'werfen, *S.*, throw out.
Hin'blick, *m.*, –(e)s, view; mit — auf, because of.
hinein', in, into, up to.
hinein'blicken, gaze, look (into).
hinein'brausen, rush into.
hinein'fahren, *S.*, in den Abend —, drive in the falling twilight.
hinein'geh(e)n, *S.*, enter, attend.
hinein'horchen, listen (into).
hinein'mischen (sich), be mingled.
hin'fällig, weak.
hin'geben, *S.*, give up.
Hin'gebung, *f.*, devotion.
hin'gehören, belong.
hin'legen, lay down.
hin'nen, *see* getrost.
hin'reichen, hand over, hand.
hin-'und her'schwankend, swaying to and fro.
hin'strecken (sich), recline, stretch out.
hin'ten, behind; von —, from behind.
hin'ter, back of, behind.
Hin'terhaupt, *n.*, back part of the head.
hinterlas'sen (ließ, gelassen), bequeathe.
Hin'terwand, *f.*, rear wall.
hinten'drein, following, behind.
hin'treten (trat, getreten), step up, step.
hinü'ber, over.
hinü'berziehen (zog, gezogen), be wafted over.
hinun'ter, down.
hinun'tergehen, *S.*, go down.
hinun'tertreiben, *S.*, drive down.
hinweg'raffen, snatch away.
hinwer'fen (warf, geworfen), throw down.
hinwie'der, in return.
hin'ziehen, *S.*, (sich), wind, stretch away.
hinzu'sehen, *S.*, look (that way).
hinzu'setzen, add.
hinzu'treten (trat, getreten), step up.
hirn'verbrannt, mad.
hoch, high.
Hoch'gebirge, *n.*, –s, –e, mountains.
höchst, very.
hock'en, sit, crouch.

Hoch'zeit, *f.*, wedding; — haben, to marry.
Hoch'zeiter, *pl.*, bridal party.
Hoch'zeitsgast, *m.*, -es, ⸚e, wedding guest.
hof'fen, hope.
Hö'he, *f.*, height, top.
Hö'henpfad, *m.*, -es, highway, *here* railway.
hohn- und wut'verzerrt, fierce with scorn and rage.
hö'hnen, scoff.
Höh'lung, *f.*, cavity, recess.
ho'len, get, fetch, take.
Höl'le, *f.*, hell.
höl'zern, wooden.
Holz'lager, *n.*, -s, —, wooden bunk.
hö'ren, hear.
Horn, *n.*, -es, ⸚er, horn.
hübsch, pretty.
Hü'gel, *m.*, -s, —, hill, eminence.
Huhn, *n.*, -s, ⸚er, hen, chicken.
Hund, *m.*, -es, -e, dog, cur.
Hung'er, *m.*, -s, hunger.
Hung'erleider, *m.*,-s, —, starveling.
hü'ten, tend.
Hüt'te, *f.*, hut.

I

ich, I.
ih'nen, *dative of* sie, them.
ihr, their, her, its, you.
im = in dem.
im'merhin, always.
im'mer, always; continually; noch — nicht, not yet.
imstan'de sein, be able, be qualified.
in, in.
indem', while, as.
indes', while.
ineinan'derschieben, *S.*, shove *or* slip into one another.
inhalts'los, void of contents, empty.
inmit'ten, in the midst of.
in'nehalten (hielt, gehalten) pause.
In'nere, *n.*, -n, heart.
In'nerste, *n.*, breast, heart.
in'nig, feelingly, sincerely, warmly, close.
Instinkt', *m.*, -es, -e, instinct.
Instrument', *n.*, -(e)s, -e, instrument.
inzwisch'en, meantime, in the meantime.
ir'gend, some, any; — einem, some; — eine, any.

J

ja, indeed, yes.
Jack'e, *f.*, jacket, blouse.
ja'gen, chase.
Jä'gerhut, *m.*, -es, ⸚e, hunter's hat.
Jahr, *n.*, -es, -e, year.
Jahrhun'dert, *n.*, -s, -e, century.

jäm'merlich, pitiably.
jam'mern, lament.
je nun, well!
je'der, –e, –es, each (one), every (one), every, any; ein jedes, each.
jedoch', however.
je'ner, –e, –es, that, (those); the former.
jetzt, now; — noch, even now; von — an, from now on.
Je'sus, *m.*, Jesus, *tr.* heavens!
ju'beln, play, resound.
jubilie'ren, exult, make merry.
ju'gendlich, youthful.
jung, young.
Jung'e, *m.*, –en, –en, lad.
Jüng'lingsseele, youthful soul.

K

kahl, bare.
Kalk'stein, *m.*, –s, –e, limestone.
kalt, cold.
Kamerad', *m.*, –en, –en, companion, comrade.
Kampf, *m.*, –es, ⁻̈e, struggle.
kampf'bereit, ready for a struggle.
Kampie'rung, *f.*, camping.
Kanzlei', *f.*, –en, courtroom.
karg, scanty.
Kar're, *f.*, –n, *or* Kar'ren, *m.*, –s, —, cart.
Karst, Karst.
Kar'te, *f.*, card.
Kar'tenspielen, *n.*, –s, card-playing.
Kar'toffel, *f.*, potato.
Kaser'ne, *f.*, barracks.
Kattun', *m.*, cotton, calico.
Kattun'rock, *m.*, –es, ⁻̈e, calico dress.
kau'fen, buy.
kaum, hardly.
keck, bold.
kein, no; keiner, no one; kein — mehr, no, no more.
kein'eswegs, by no means.
Kelch, *m.*, –es, –e, corolla.
Kel'ler, *m.*, –s, —, cellar.
Kel'lertür, *f.*, cellar-door.
ken'nen (kannte, gekannt), know.
Kennt'nis, *f.*, –se, knowledge.
Ker'ker, *m.*, –s, imprisonment.
Kerl, *m.*, –s, –e, fellow.
Kett'lein, *n.*, –s, small chain.
Kind, *n.*, –es, –er, child; kein — mehr, no longer a child.
Kin'derauge, *n.*, –es, –en, child's eye.
Kir'che, *f.*, church.
Kirch'lein, *n.*, –s, (small) church.
Kist'e, *f.*, chest.
kla'gen, *in* es der Mutter —, tell mother.
kläg'lich, pitiable.
Klamm, Klamm.
Klang, *m.*, –es, ⁻̈e, note, sound.
Klarinet'te, *f.*, clarinet.
Klau'e, *f.*, clutch, claw.

kle'ben, stick, fasten, hang.
klein, short, slight, small; im —en, on a small scale; von — auf, from childhood.
klein'laut, faintly.
Kling'en, *n.*, tinkling.
kling'en (klang, geklungen), sound.
klir'ren, jingle, rattle.
klop'fen, beat, slap.
knapp, tight-fitting.
Knecht, *m.*, –(e)s, –e, hired help.
Kni'cker, *m.*, –s, —, niggard.
Knie, *n.*, –s, –e, knee.
knie'en, kneel.
Knirps, *m.*, –es, –e, dwarf.
knir'schen, utter between one's teeth.
ko'chen, cook.
knor'rig, knotty.
Koch'geschirr, *n.*, –s, cooking utensils.
kom'men (kam, gekommen), come; mir unter die Augen —, come into my sight.
kom'mend, coming.
kön'nen (konnte, gekonnt), can, be able.
Kopf, *m.*, –es, ⁼e, head.
Kopf'tuch, *n.*, –(e)s, ⁼er, head cloth.
Korb, *m.*, –(e)s, ⁼e, basket.
Korn, *n.*, –s, grain.
Kör'per, *m.*, –s, body.
kör'perlich, manual.
Kraft, *f.*, ⁼e, power, strength.
kräft'ig, strong.
Kram'laden, *m.*, –s, ⁼, store.
krank, sick.
krank'haft, unnatural.
kräu'seln, curl.
Kreatur', *f.*, creature.
Krei'de, *f.*, chalk.
krei'schen, scream.
krei'sen, circle.
Kreuz, *n.*, –es, –e, cross.
Kreu'zer, *m.*, –s, —, kreutzer (= ½ cent U. S. money).
Kreuz'lein, *n.*, –s, small cross.
Krieg, *m.*, –es, –e, war.
krie'gen, get.
Krö'te, *f.*, toad.
Krüg'lein, *n.*, –s, (small) jug.
krumm und lahm schlagen, *S.*, beat until lame and crippled.
Krüp'pel, *m.*, –s, —, cripple.
Kü'bel, *m.*, –s, —, bucket.
kühl, cool.
kühn, bold.
Kultur'arbeit, *f.*, work of civilization.
Kum'mer, *m.*, –s, sorrow.
küm'mern (sich), care; — (sich, um), pay attention to.
kün'digen, *in* einem die Arbeit —, to discharge one (from work).
Kunst'institut, *n.*, –s, –e, art gallery.
Kup'fermünze, *f.*, copper coin.
kurz, short, hasty.
Küs'ter, *m.*, –s, —, sacristan, sexton.
Kuß, *m.*, –es, ⁼e, kiss.

L

Lä'cheln, *n.*, -s, smile.
lä'cheln, smile.
la'chen, laugh.
la'chend, inviting.
La'ge, *f.*, situation.
La'ger, *n.*, -s, sleeping place.
La'ger, *n.*, -s, —, sleeping quarters.
la'gern (sich), settle; hang, lie down.
läh'mend, paralyzing.
Land, *n.*, -es, land, country; hier zu —, in this region.
lang(e), long; schon —, long (since).
lang'en, suffice, do, reach.
länger, *in* je —, the longer.
längs, along.
lang'sam, slow.
längst, long ago.
Lärm, *m.*, -s, noise.
lär'mend, boisterous, noisy.
las'sen (ließ, gelassen), cause, allow.
lau'ernd, stealthy.
Lauf, *m.*, -es, course.
lau'schen, listen (to).
Laut, *m.*, -es, -e, sound.
laut, loud.
läu'ten, ring (a bell).
lau'ter, nothing but.
laut'los, deep, noiseless.
Le'ben, *n.*, -s, life, living.
le'ben, live, subsist.
leben'dig, active.
Le'bensbild, *n.*, -es, -er, sketch.
Le'bensfülle, *f.*, fullness of life.
le'benslustig, enjoying life, pleasure-seeking.
Le'bensmittel, *n.*, -s, (*gen'ly pl.*) victual.
le'cker, daintily.
le'dern, leather.
leer, empty, unoccupied.
Lee're, *f.*, desolation; die — seiner Brust, his desolate breast.
le'gen, lay.
leh'nen (sich), lean, rest, stand; — (sich, an etwas), lean against anything.
Leib, *m.*, -es, -er, body, waist.
Lei'che, *f.*, body.
leicht, slightly, easy, light.
Leid, *n.*, -(e)s, sorrow, care.
Lei'den, *n.*, -s, suffering.
lei'den (litt, gelitten), suffer.
lei'denschaftlich, ardently.
lei'der, *in* — Gottes, alas!
leis(e), faint, soft, slight, low, gently, growing, incipient.
len'ken, direct.
ler'nen, learn.
le'sen (las, gelesen), read.
letzt, last; das Letzte, the remainder; die letzten Tage, the past few days.
letz'tere, latter.
letzt'hin, recently.
leucht'en, shine.
Leu'te, *pl.*, people, persons.
Libel'le, *f.*, dragon-fly.
Licht, *n.*, -(e)s, -er, light.

licht, bright.
Licht'glanz, *m.*, –es, joy, splendor.
Licht'schein, *m.*, –s, ray of light.
lieb, dear, kind.
Lie'be, *f.*, love.
lie'ben, love.
Lie'bende, *m.*, lover.
lieb'haben, love.
lieb'kosend, caressingly.
lieb'lich, charmingly, beautiful.
lie'gen (lag, gelegen), lie.
Lin'de, *f.*, linden (tree).
link, left.
links, on the left.
Lip'pe, *f.*, lip; über die — bringen, to eat.
lock'end, inviting, gay, merry.
Lohn, *m.*, –(e)s, ⁼e, wage, pay.
Los, *n.*, –es, –e, lot.
los, large, loose.
los'schlagen (schlug, geschlagen), get rid of.
los'springen (auf jemand), *S.*, rush at.
Luft, *f.*, ⁼e, air.
lüf'ten, take off.
lum'pig, paltry.
Lust, *f.*, pleasure, desire; — haben, like.
Lust'barkeit, *f.*, merry-making.

M

mach'en, make, do; mach' Licht, light a lamp; — sich auf den Weg, betake oneself home.
Macht, *f.*, ⁼e, power.
mäch'tig, forcible, great.
Mahl, *n.*, –es, ⁼er, meal.
Mais, *n.*, –es, maize.
Mal, *n.*, –es, –e, time; mit einem –e, suddenly.
ma'len (sich), become depicted.
Mal've, *f.*, mallow.
man, one, they.
manch (er, e, es), many.
manch'mal, often.
mang'elnd, scant.
Mann, *m.*, –es, ⁼er, man.
Män'nerchor, *m.*, –s, ⁼e, chorus of mens' voices.
Män'nerjacke, *f.*, (man's) blouse.
Mari'a Schutz, Maria Schutz.
Markt, *m.*, –es, ⁼e, hamlet, market.
Marsch, *m.*, –es, ⁼e, march.
marsch, march!
mar'tern, harrass.
Mas'se, *f.*, mass.
mäs'ten (sich), grow fat.
Maß, *in* das — zu Rande gebracht, had filled his cup (of rage) to overflowing.
matt, languidly, dull.
Mat'te, *f.*, meadow.
mecha'nisch, mechanically.
Meer, *n.*, –es, –e, sea.
Mehl, *n.*, –s, meal, flour.
mehr, more; nicht —, no longer; ohne —, without; — und —, more and more; um so — als, all the more since.

meh'rere, several.
mehr'mals, several times.
mei'nen, say, think, mean.
Mei'nung, *f.*, opinion.
meist, for the greatest part; die meisten, most (of them); am meisten, most of all; meistens, generally.
mel'den, announce, tell.
Meng'e, *f.*, mass.
Mensch, *m.*, -en, -en, man, person; *pl.*, people, men.
Mensch'engewirr, *n.*, -s, turmoil of people.
Mensch'enherz, *n.*, (human) heart.
Mensch'enpaar, *n.*, -es, -e, couple of persons.
mensch'lich, human.
mer'ken, notice, mark.
merk'würdig, remarkable.
Mes'se, *f.*, mass.
Mes'ser, *n.*, -s, —, knife.
Mes'sing, *n.*, -s, brass.
Metz'ger, *m.*, -s, —, butcher.
Mie'der, *n.*, -s, —, bodice.
Mie'ne, *f.*, face, mien; — machen, act as if (about to do a thing).
mild, mild, gentle, soft.
Mil'derungsgrund, *m.*, -es, ⁿe, extenuating circumstance.
Militär', *n.*, -s, army.
Militär'gericht, *n.*, -s, -e, military court.
Militär'jahr, *n.*, -es, -e, year of army service.
Ministran'tenglöcklein, *n.*, -s, sacristan's bell.
misch'en (sich), mix; — (sich in etwas), mix (oneself) up in.
mißbrau'chen, abuse.
mißhan'delt, maltreated.
mit, with.
mit'bringen (brachte, gebracht), fetch, bring (along).
miteinan'der, with each other.
Mit'gefangene, *m.*, -en, -en, fellow prisoner.
mit'helfen (half, geholfen), aid.
mit'laufen (lief, gelaufen), run along, march.
Mit'leid, *n.*, -s, pity.
Mit'tag, *m.*, -s, noon; — halten, eat one's noon-day meal.
mit'tags, noons.
Mit'tagshitze, *f.*, noonday heat.
Mit'tagsstunde, *f.*, noon-day hour.
Mit'te, *f.*, midst.
mit'teilen, tell.
mit'ten unter, amid; mitten in, in the midst of.
mit'tlerweile, meantime.
Mitt'woch, *m.*, -s, Wednesday.
mö'gen (mochte, gemocht), may, like, wish to, desire.
mög'lich, possible.
mög'lichst rasch, as quickly as possible.
Mo'nat, *m.*, -s, -e, month.
Moos, *n.*, -es, moss.
mor'den, murder.

Mör'der, *m.*, –s, —, murderer.
Mor'gen, *m.*, –s, morning; morgens, mornings.
mor'gen, to-morrow; — früh, to-morrow morning early.
morsch, rotten, decayed.
Mör'tel, *m.*, –s, mortar.
mü'de, tired.
Mü'he, *f.*, labor.
mü'hevoll, arduous.
müh'sam, laboriously, with difficulty.
Mund, *m.*, –es, mouth.
mun'ter, lively, cheerily, gay.
mur'meln, murmur.
mür'risch, grumbling.
Musik', *f.*, music.
Musikant', *m.*, –en, –en, musician.
müs'sen (mußte, gemußt), must, be obliged to.
mus'tern, eye.
Mut, *m.*, –(e)s, courage; — fassen, take courage; zu –e, werden, feel.
Mut'ter, *f.*, ", mother.
Müt'ze, *f.*, cap.
Myr'tenkränzlein, *n.*, –s, —, wreath of myrtle.

N

nach, after, for, to, according to; — und —, gradually.
nachdem', after.
nach'denken, *S.*, reflect.
nach'denklich, meditatively.
nacheinan'der, one after the other.
nach'folgen, follow.
Nach'mittag, *m.*, –s, afternoon.
nach'sagen, repeat, pronounce.
nach'schauen, look after, look upon.
nach'sehen (sah, gesehen), see to things, look after *or* at, watch.
nächst, next, nearest, near; in den –en Tagen, during the next few days.
nach'stellen (*with dat.*), annoy, importune.
Nacht, *f.*, "e, night.
Nacht'lager, *n.*, –s, night's lodging.
nächt'lich, by night.
Nacht'ruh, *f.*, night's rest.
Nach'zügler, *m.*, –s, straggler.
Na'del, *f.*, needle.
nah, near-by, near.
na'hen, approach.
nä'hen, sew.
nä'hern (sich), approach.
Naht, *f.*, "e, seam.
Na'me, *m.*, –ns, name.
na'mens, by the name of.
Napf, *m.*, –es, "e, bowl.
ne'ben, beside.
nebeneinan'der, beside each other.
ne'benher, incidentally.
nebst, beside.
neh'men (nahm, genommen), take.

Neid, *m.*, -es, envy.
Nei'gung, *f.*, affection.
nein, no.
nen'nen (nannte, genannt), call.
Nest, *n.*, -es, -er, nest.
neu, new.
Neu'bau, *m.*, -es, building.
neu'gierig, curious.
neu'erdings, again, anew.
Neu'gierige, *m.*, *from* neugierig, inquisitive.
nicht, not; — etwa, not (that).
nichts, nothing.
nie, never.
nieder'brennen (brannte, gebrannt), shine down.
nieder'geschlagen, crestfallen, taken aback, downcast.
nieder'kämpfen, fight down.
nieder'knieen, kneel down.
nie'derlassen, *S.* (sich), sit down, lie down, settle (on).
nie'derlegen (sich), lie down; —, lay down.
nie'derreißen (riß, gerissen), tear down.
nie'derschlagen, *S.*, cast down.
nie'derschreiben, *S.*, write down.
nie'dersetzen (sich), sit down, be seated.
nie'derströmen, fall, stream down.
nie'derträchtig, mean.
nie'mand, no one.
nie'mals, never.
noch, yet, still; — immer, still; — nicht, not yet.
Not, *f.*, ⸗e, need; distress.
Nu, *n.*, im —, in a trice.
Num'mer, *f.*, number.
nun, well! now; je —, well; — also, well, then!
nunmehr', now.
nur, only.

O

ob, whether.
o'ben, up (in the house), above; von — bis unten, from head to foot.
obendrein, moreover.
o'berflächlich, superficial.
o'berhalb, above.
O'berlippe, *f.*, upper lip.
O'berst, *m.*, -en, -en, colonel.
obgleich', although.
ob'liegen (lag, gelegen), attend to.
ö'd(e), forsaken, forlorn, desolate.
O'dem, *m.*, -s, breath.
o'der, or.
of'fen, open(ly).
Offizier', *m.*, -s, -e, officer.
öff'nen (sich), open.
oft, often.
öf'ter, often.
oh'ne, without; — daß, without.
Öl'lampe, *f.*, oil-lamp.
or'dentlich, properly, good.
Ort, *m.*, -es, -e (*or* ⸗er), place.
Orts'jugend, *f.*, youth of the village.

Ort'ſchaft, *f.*, place, town.
Öſ'terreich, Austria.

P

Paar, *n.*, –es, –e, couple, pair.
paar, couple, several, few.
paar'mal, several times.
pack'en, seize.
Päck'chen, *n.*, –s, small package.
Palaſt', *m.*, –es, ¨e, palace.
Papier', *n.*, –es, –e, paper, note; —=hülle, paper-covering.
Pau'ſe, *f.*, pause.
Pei'niger, *m.*, –s, —, persecutor.
Per'le, *f.*, bead.
Pfan'ne, *f.*, pan.
Pfef'ferkuchen, *m.*, –s, —, ginger cake.
Pfei'fe, *f.*, pipe.
Pfei'fen, *n.*, –s, whistling.
Pfeil, *m.*, –es, –e, arrow.
pfle'gen, be accustomed to, be generally.
Pflicht, *f.*, duty.
pflück'en, pick.
pla'gen (ſich), worry, work.
Plan, *m.*, –(e)s, plain; grüner —, greensward.
Platz, *m.*, –es, ¨e, place.
plötz'lich, suddenly.
Poet', *m.*, –en, –en, poet.
Porzellān'pfeife, *f.*, pipe with a porcelain bowl.
pracht'voll, beautiful.
Preis, *m.*, –es, –e, price.
prei'ſen, bless.
preis'gegeben, subjected to.
Prie'ſter, *m.*, –s, —, priest.
Profoß', *m.*, –es, turnkey in a military prison.
Proviant', *m.*, –s, provision, supplies.
prü'fen, look into.
prü'fend, scrutinizing.
Prü'fung, *f.*, inspection.

Q

quä'len, trouble, torture.
qual'men, smoke.
Quel'le, *f.*, spring.
Quĕr'ſack, *m.*, –s, ¨e, knapsack.

R

rä'chen (ſich), avenge oneself.
Rach'ſucht, *f.*, desire of revenge.
Ra'cker, *m.*, –s, —, cur, rascal.
raſch, rapidly, quick.
raſt'los, restless.
Rat, *m.*, –es, advice.
ra'ten (riet, geraten), advise.
Räu'ber, *m.*, –s, —, robber.
Rauch, *m.*, –es, smoke.
rau'chen, smoke.
rauh, coarse, hoarse, gruffly, hard.
Raum, *m.*, –es, ¨e, room, space.
Rauſch, *m.*, –es, drunk, intoxication.
rauſch'end, rushing.

Recht, *n.*, –es, –e, right.
recht, right, real, quite; wenn es dir — ist, if you like; — sein, to suit; — haben, be right; — eigentlich, really; so —, quite.
reck'en (sich), stretch; *in* reckte sich über ihr Maß hinaus, grew wonderfully.
re'den, speak.
Re'gen, *m.*, –s, rain.
re'gen (sich), make itself felt, move, stir.
Regiment', *n.*, –s, –er, regiment.
re'gungslos, motionless.
reich, rich, great.
reich'en, hand, give.
Reich'tum, *m.*, –s, ⁼er, wealth.
Rei'he, *f.*, row; der — nach, in turn.
rein, pure, sacred.
rei'zen, irritate.
Re'si (*diminutive of*) Theresa.
Rest, *m.*, –es, rest, remainder.
Rich'teramt, *n.*, –es, judgment.
richt'erlich, judicial.
rie'sig, giant.
ring'en (rang, gerungen), wring, struggle.
rings, round about.
rings'um, round about.
rin'nen (rann, geronnen), run.
rö'chelnd, with the death-rattle in his throat.
Rock, *m.*, –es, ⁼e, coat, dress.
roh, vulgar, coarse, roughly.
Rol'le, *f.*, rôle.
Roman', *m.*, –s, –e, novel.
Ro'senkranz, *m.*, –es, ⁼e, rosary.
rot, red.
Rot, *n.* (*adj. inflection*), red.
Rö'te, *f.*, flush, red.
röt'lich, reddish.
Rück'en, *m.*, –s, back.
Rück'enwand, *f.*, back side, rear.
rück'en, move, come.
rück'wärts, from behind.
Ru'del, *n.*, mob (disrespectful).
Ruf, *m.*, –es, –e, call, peal.
Ru'fen, *n.*, calling.
ru'fen (rief, gerufen), call, cry.
Ru'he, *f.*, rest, composure.
Ru'hestunde, *f.*, hour of rest.
ru'hig, quiet.
Rühr'ung, *f.*, sympathy, feeling, emotion.
Run'de, *f.*, round; — machen, make the rounds.
rüst'ig, vigorously.

S

Sä'bel, *m.*, –s, —, sabre.
Sach'e, *f.*, thing, *pl.*, belongings, affair.
sach'te, softly, gently.
Sack, *m.*, –es, ⁼e, bag, knapsack.
sa'gen, say, tell.
Samf'tag, *m.*, Saturday.
Samt, *m.*, –s, velvet; —mützchen, *n.*, –s, velvet cap.
samt, together with, as well as;

— und sonders, one and all, all of them, all together.

Sand, *m.*, -es, sand.

sanft, gentle.

sau'er, unpleasant, hard.

Saum, *m.*, -es, ⸚e, border, edge, hem.

Saum'seligkeit, *f.*, negligence.

schad'haft, damaged, torn, worn.

schaf'fen (schuf, geschaffen), create, build.

schaf'fen, work, put, do; sich zu — machen, busy oneself.

schä'len, pare.

schal'len, resound.

schänd'lich, shamefully.

Schar, *f.*, band, crowd, flock.

scharf, sharply.

Scharf'blick, *m.*, -es, insight.

Schat'ten, *m.*, -s, —, shadow, shade.

Schat'tenseite, *f.*, dark side.

schat'tig, shady.

Schatz, *m.*, -es, ⸚e, treasure.

Schau, *f.*, *in* gern offen zur — trug, was fond of exhibiting.

schau'en, see, look.

Schau'er, *m.*, -s, —, burst of anger.

Schau'fel, *f.*, shovel.

schäum'en, foam.

scheel, askance, envious.

Schei'demünze, *f.*, coin of low denomination.

Schein, *m.*, -(e)s, light, gleam.

schei'nen (schien, geschienen), seem, appear.

schel'ten (schalt, gescholten), scold.

Schenk'e, *f.*, ale-house

schenk'en, present, give.

Scheu, *f.*, fear.

scheu, bashful, shy, timid, reticent.

scheu'ern, scour, wash.

schick'en, send.

Schick'sal, *n.*, -s, fate.

schie'ben (schob, geschoben), push, put, shove.

Schieb'karren, *m.*, -s, —, wheelbarrow.

Schie'ne, *f.*, rail.

Schie'nenweg, *m.*, -es, -e, railroad.

schil'dern, portray, depict, paint.

Schild'wache, *f.*, guard, sentry.

schim'mern, shine, gleam.

Schlaf, *m.*, -(e)s, sleep.

schlafen (schlief, geschlafen), sleep.

Schlä'fer, *m.*, -s, —, sleeper.

Schlaf'winkel, *m.*, -s, —, sleeping place.

Schlag, *m.*, -es, ⸚e, blow.

schla'gen (schlug, geschlagen), strike, beat.

schlank, slender.

schlecht, poor, low, bad; recht —, quite poorly; gar so —, so very poorly.

schlei'chen (schlich, geschlichen), slink.

schlep'pen (sich), drag oneself, drag.

schleu'dern, hurl.
schlicht, plain, simple.
Schlie'ße, *f.*, clasp.
schlie'ßen (schloß, geschlossen), conclude, lock.
schlimm, bad.
schling'en (schlang, geschlungen), wind.
schluch'zen, sob.
schlüp'fen, slip.
Schlüs'sel, *m.*, –s, —, key.
Schmach, *f.*, disgrace.
schmal, narrow.
schmau'sen, eat.
schmerz'lich, painful, intense.
schmie'gen, nestle.
Schmuck, *m.*, –es, ornament.
schmuck, pretty, nobby.
schmutz'ig, dirty.
Schnee, *m.*, –s, snow.
schnee'weiß, snow-white.
schnell, quick.
schnü'ren, pack.
Schnurr'bart, *m.*, –(e)s, ⸗e, moustache.
schon, already; — gar nicht, not at all.
schön, beautiful, pretty.
Schön'e, *f.*, beauty, beautiful woman *or* girl.
scho'nen, be considerate of.
schöpf'en, pass, pronounce.
Schoß, *m.*, –es, lap.
Schot'ter, *m.*, –s, crushed stone.
Schott'wien, Schottwien.
Schrei, *m.*, –s, cry.
schrei'ben (schrieb, geschrieben), write.
schrei'en (schrie, geschrieen), cry.
schrei'ten (schritt, geschritten), go, stride, walk.
schrill, shrill.
Schritt, *m.*, –es, –e, step.
schroff, precipitous, abrupt.
schüch'tern, timidly
Schücht'erne, *m.*, *from* schüchtern, shy.
Schuh, *m.*, –es, –e, shoe.
schul'dig, guilty.
schul'dig sein, *S.*, owe.
Schul'ter, *f.*, shoulder.
Schür'ze, *f.*, apron.
Schüt'te, *f.*, spread, pile.
schüt'teln, shake.
schwach, weak.
Schwach'e, *m.*, *from* schwach, weak.
Schwal'be, *f.*, swallow.
Schwall, *m.*, –es, flow.
schwarz, black.
schwärz'lich, dark.
schwei'gen (schwieg, geschwiegen), be silent.
schwei'gend, silent, mute.
Schwei'nefleisch, *n.*, –(e)s, pork.
Schweiß, *m.*, –es, sweat.
Schwel'le, *f.*, threshold.
schwer, ominous, hard, difficult, great, heavy.
schwie'lig, calloused.
Schwind'sucht, *f.*, consumption.
schwing'en (schwang, geschwungen), ply, wield, swing.

schwir'ren, resound.
Schwung'feder, *f.*, pinion.
See'le, *f.*, soul, heart.
See'lenangst, *f.*, ⁼e, anxiety (of soul).
Se'gen, *m.*, -s, blessing.
Seg'nung, *f.*, blessing.
se'hen (sah, gesehen), see, look; vor sich hin —, look down before oneself, gaze into space; nicht — kann, cannot bear to see.
Sehn'sucht, *f.*, longing.
sehr, very.
sein (war, gewesen), be; eins —, be all the same.
sein, his, its.
seit, since; — jeher, ever, always.
seit'dem, since then.
Seit'e, *f.*, side.
Sei'tenwand, *f.*, side wall.
seit'wärts, adjacent, to one side.
selbst, self; ihnen —, themselves; er —, he himself.
selbst, even.
se'lig, of blessed memory.
Se'ligkeit, *f.*, bliss, happiness.
selt'sam, peculiar, strange.
sel'ten, seldom, rare.
Sem'mering, Semmering.
seng'end, sweltering.
sen'ken, lower.
Sen'kung, *f.*, abyss, hollow.
setz'en (sich), be seated, take a seat, sit down.
Seuf'zer, *m.*, -s, —, sigh.
sich, himself, itself, her; zu — (selbst), to himself, to herself; — selber, himself; in — hinein, to himself; an —, in himself; vor —, before him; vor — selbst, before *or* to himself.
sich'er, secure, determined, sure.
Sicht, *f.*, sight; in —, into sight.
sicht'lich, visibly.
sie'ben, seven.
Sil'berstück, *n.*, -es, -e, silver coin.
sin'ken (sank, gesunken), sink, fall.
Sinn, *m.*, -es, -e, sense.
sin'nend, thoughtfully.
Sipp'schaft, *f.*, clan, family; *tr.* relatives.
Sitz, *m.*, -es, -e, seat.
sitz'en (saß, gesessen), sit, hang.
Sitz'ende, *f.*, the one seated.
so, thus, as, so, then, when; —? is that so? — ! there!
sogar', even.
so'genannt, so-called.
Sohn, *m.*, -es, ⁼e, son.
solch, such, those.
Soldat', *m.*, -en, -en, soldier.
Solda'tenkittel, *m.*, -s, —, soldier's coat.
Solda'tenstreich, *m.*, -es, -e, soldier's escapade.
sol'len, shall, should.
Som'mer, *m.*, -s, —, summer.
Som'mernacht, *f.*, summer night.
Som'merpracht, *f.*, loveliness of summer.

ſon'dern, but.
Son'ne, *f.*, sun.
Son'nenblume, *f.*, sun-flower.
Son'nenbrand, *m.*, –s, bright sunlight.
Son'nenglanz, *m.*, –es, sunshine.
Son'nenuntergang, *m.*, –s, sundown.
ſon'nig, sunny.
Sonn'= und Fei'ertage, Sundays and holidays.
Sonn'tag, *m.*, –s, –e, Sunday; —=nachmittag, *m.*, –s, Sunday afternoon.
Sonn'wendſtein, Sonnwendstein.
ſonſt, at other times.
Sor'ge, *f.*, care; — tragen, provide, take care of.
ſor'gen, care, set the table.
Sorg'falt, *f.*, care.
ſorg'lich, carefully.
ſoweit', in so far.
ſowie', as well as.
ſpa'ren, save.
ſpar'ſam, saving.
ſpät, late; bei –er Nacht, late at night.
ſpä'ter, later.
Spät'ling, *m.*, –s, –e, late-comer.
Specht, *m.*, –es, –e, woodpecker.
Spiel, *n.*, *in* hattet leichtes — mit mir, I was no match for you.
ſpie'len, play.
Spie'lende, *m.*, *from* ſpielen, play.
Spiel'leute, *pl.*, players, musicians.
Spiel'zeug, *n.*, –s, –e, plaything.
Spi'on, *m.*, –s, –e, spy.
Spital', *n.*, –s, ¨er, hospital.
Spo'rengeklirr, *n.*, –s, clank of spurs.
Sporn, *m.*, –(e)s, –en, spur.
ſprach'los, speechless.
ſprech'en (ſprach, geſprochen), speak.
ſpreng'en, blast, make by blasting.
ſpring'en (ſprang, geſprungen), run, spring.
Spur, *f.*, trace, relic.
ſpü'ren, notice, feel.
ſpur'los, without trace.
ſpu'ten (ſich), bestir oneself.
ſtach'elnd, irritatingly.
Stadt, *f.*, city.
ſtäh'len (ſich), steel oneself.
ſtam'meln, stammer.
ſtäm'mig, nervy, sinewy.
Stand, *m.*, –es, ¨e, profession.
ſtark, densely, hard, strong, loud.
ſtärk'en, strengthen, refresh.
ſtatt'lich, stately, fine, large.
ſteck'en, place, pin, put; zu ſich —, put in one's pocket; — (an), put (in).
ſtecken, *intr.*, become lodged.
ſte'hen (ſtand, geſtanden), stand; ſtand ihr zu . . ., clothed her . . .; wird dir gut —, will become you very much; ſteh ich euch, I shall not fail you.

Steig, *m.*, –s, –e, path.
stei'gen (stieg, gestiegen), arise, ascend, rise, increase.
steil, steep.
Stein, *m.*, –es, –e, stone; —=block, *m.*, –es, ⁼e, rock, stone; —=bruch, *m.*, –es, ⁼e, stone-quarry.
Stei'neklopfen, *n.*, stone-crushing, *tr.* crushing stone.
stei'nig, stony.
Stel'le, *f.*, spot.
stel'len, place; eine Frage —, ask a question.
ster'ben (starb, gestorben), die.
Stern, *m.*, –(e)s, –e, star.
stets, always.
Stief'vater, *m.*, –s, stepfather.
Stiel, *m.*, –s, –e, handle.
Stier, *m.*, –es, –e, steer.
still, quiet, inward.
Stil'le, *f.*, stillness, quiet.
Stim'me, *f.*, voice.
Stir'ne, *f.*, forehead; aus der —, from her forehead.
stock'end, hesitatingly.
Stock'haus, *n.*, –es, ⁼er, prison.
Stolz, *m.*, –es, pride.
stolz, proud.
sto'ßen (stieß, gestoßen), push.
Stra'fe, *f.*, punishment.
Strahl, *m.*, –(e)s, ray of light, light.
strah'len, beam.
Strand, *m.*, –(e)s, strand.
Strauß, *m.*, –es, ⁼e, bouquet.
Streck'e, *f.*, distance.
streich'eln, stroke.
strei'chen (strich, gestrichen), stroke, brush; *intr.*, sough, sigh.
Streich'instrument, *n.*, –s, –e, string instrument.
Streif'chen, *n.*, –s, strip, plat.
Streit, *m.*, –es, quarrel.
streng, severe.
Stroh, *n.*, –es, straw.
Stroh'hut, *m.*, –es, ⁼e, straw hat.
Stroh'sack, *m.*, –(e)s, ⁼e, mattress.
Stück, *n.*, –es, –e, piece, fragment; –chen, small piece.
Stu'fe, *f.*, step.
stumm, mute.
Stun'de, *f.*, hour.
stumpf, stolid.
Sturm, *m.*, –es, ⁼e, storm.
stür'misch, stormy.
stür'zen (sich), dash, rush.
stütz'en (sich), support oneself; support, aid, prop.
su'chen, seek, look for.
süd'lich, southern.
süd'wärts, south(wards).
Suez'kanal (*pron.* Suëz –), *m.*, Suez canal.
sum'men, buzz.
Sumpf'luft, *f.*, ⁼e, swampy air.
sünd'haft, wicked, ill-gotten.

T

Ta'bak, *m.*, –s, tobacco; –spfeife, *f.*, (tobacco) pipe.

ta'dellos, irreproachable.

Tag, *m.*, –es, –e, day; eines –es, one day; –e um –e, day by day *or* days and days; all seiner –e, all of his days; zu –e kommen, become known; –werk, *n.*, –es, day's work, labor; –lohn, *m.*, –s, (day's) wages; –eslicht, *n.*, –(e)s, daylight.

täg'lich, daily.

tagü'ber, during the day.

Tal, *n.*, –es, ⁿer, valley, dale; –schlucht, *f.*, valley.

Tan'ne, *f.*, fir-tree; –nreis, *n.*, –es, –er, fir branch.

tan'zen, dance.

Ta'sche, *f.*, pocket.

Tat, *f.*, deed; –kraft, *f.*, activity.

Tau, *m.*, –(e)s, dew.

tau'gen, suit; wir — nicht, we are not wanted.

Telegraph'enstange, *f.*, telegraph pole.

Tel'ler, *m.*, –s, —, plate.

Tertsch'ka, Theresa.

Teil, *m.*, –es, –e, part.

teil'nehmend, sympathetically.

teil'weise, partly.

teu'er, dear.

Teu'fel, *m.*, –s, Satan.

tief, deep, fervent; — über, far down over; — im, far down on.

Tie'fe, *f.*, fervency, depth; — ihres Innern, their hearts.

Tisch, *m.*, –es, –e, table.

Tor'wache, *f.*, guard (at the gate).

Tod, *m.*, –es, death.

Ton, *m.*, –es, ⁿe, tone.

ton'los, faint.

tot, dead.

Tot'schlag, *m.*, –s, manslaughter.

trach'ten, seek.

tra'gen (trug, getragen), wear, carry.

Tragö'die, *f.*, tragedy.

trau'en, trust.

Traum, *m.*, –es, ⁿe, dream.

träu'men, dream.

trau'rig, sad, melancholy.

trau'lich, cosy.

Trau'rigkeit, *f.*, sadness.

traut, familiar.

tref'fen (traf, getroffen), find.

Trei'ben, *n.*, –s, course of action, conduct.

tre'ten (trat, getreten), step.

treu'herzig, sincerely.

treu'lich, faithfully.

Trift, *f.*, pasture.

trink'en (trank, getrunken), drink.

Tritt, *m.*, –es, –e, step.

trock'nen, dry.

Trod'del, *f.*, –n, tassel.

Tropf'en, *m.*, –s, —, drop.

tröf'ten (sich), console (oneself); sich gegenseitig —, console each other.

tröf'tend, consolingly.

troft'los, desolate.

Trotz, *in* zu —, in spite of.

trotz'dem, in spite of this, nevertheless.

trü'b(e), dark, sad, dull, unpleasant.

trüb'selig, gloomy.

Trüm'mer, *m.*, –s, —, fragment.

Trunk, *m.*, –(e)s, draught, drink.

Tuch, *n.*, –es, ⁿer, cloth.

tum'meln (sich), dance.

tun (tat, getan), do; sich zu gute —, indulge oneself.

Tür, *f.*, –en, door; aus der —, out through the door.

Tür'schloß, *n.*, –es, ⁿer, lock (of the door).

Ty'phus, typhoid.

U

ü'bel, bad; gar so —, so very badly.

ü'ber, concerning, upon, over, above.

ü'berall, everywhere, anywhere.

überbring'en, *S.*, deliver.

überbrück'en, bridge over.

überbür'den, burden.

überhaupt', in general.

überhö'ren, fail to hear.

überkom'men (kam, gekommen), overtake, come over.

überlas'sen (ließ, gelassen), leave to.

überle'gen, consider.

Überrasch'ung, *f.*, surprise.

überrei'chen, hand over.

überschweng'lich, great, wonderful.

Überstürz'ung, *f.*, hurry, undue haste.

überzeu'gen, convince.

überzie'hen (sich), be covered (with).

ü'brigbleiben, *S.*, remain.

ü'brig, remaining; die übrigen, the others; dem übrigen, the rest.

ü'brigens, moreover.

um (*with infin.*), in order (to).

um, for, about; — sich, about him; — ihn her, about him.

Umarm'ung, *f.*, embrace.

umbring'en, *S.*, kill.

umfrie'det, surrounded.

umge'ben, *S.*, surround.

umge'hen (mit), *S.*, treat.

umher'fliegen (flog, geflogen), fly about.

umher'rollen, roll about.

umher'ziehen (zog, gezogen), travel.

Um'kreis, *m.*, –es, neighborhood.

umkrei'sen, walk about.

umla'gern, surround.

Um'lauf, *m.*, –s, course; im —, current.

umleuch'ten, make radiant.

um'nehmen, *S.*, put on.

umpflanzt', surrounded.

um'schlagen, *S.*, turn, change.

umschlot'tern, hang about.

Um'ſicht, *f.*, circumspection.
umſprung'en, surrounded.
Um'ſtand, *m.*, –es, ⁼e, circumstance, fact.
um'wenden (ſich), turn about.
umwölkt', overclouded.
un'anſehnlich, uninviting.
un'beachtet, unnoticed.
unbeab'ſichtigt, unintentional, which was formed without intending it.
un'befahren, untravelled.
un'beholfen, hesitatingly, haltingly.
un'berührt, untouched.
un'bewußt, unconsciously.
und, and.
un'deutlich, not plain, indistinct.
Un'entſchloſſenheit, *f.*, irresoluteness.
unerbitt'lich, inexorable.
unerfreu'lich, uninviting.
un'frei, depressed.
Un'geduld, *f.*, impatience.
un'geduldig, impatiently.
ungefähr', about.
ungekannt', unknown.
un'gelenk, awkwardly.
Un'gewißheit, *f.*, uncertainty.
un'geſtraft, unpunished, with impunity.
un'gewohnt, unaccustomed.
un'gleich, unequal.
un'glücklich, unhappy.
Uniform', *f.*, uniform.
unmög'lich, impossible.
Un'recht, *n.*, –s, injustice.
un'ruhevoll, noisy.
uns, us (*dat. or acc. of* wir).
unſäg'lich, inexpressible.
unſchein'bar, insignificant.
un'ſchlüſſig, undecided, irresolutely.
un'ſicher, trembling.
un'ten, lower, below; — wo, somewhere below.
un'ter, among, beneath.
unterbro'chen, interrupted.
unterdeſ'ſen, meantime, meanwhile.
untereinan'der, with one another.
untereinan'der ſprechen, *S.*, speak with one another.
unterfang'en (ſich), dare.
un'tergehen, *S.*, set.
Un'terhalt, *m.*, –es, support.
Unterneh'men, *n.*, –s, undertaking.
Un'teroffizier, *m.*, –s, –e, non-commissioned officer.
Un'terrichtsanſtalt, *f.*, school.
Un'terſchied, *m.*, –es, –e, distinction.
Unterſuch'ung, *f.*, trial.
unterzie'hen (zog, gezogen), subject.
unvermu'tet, unexpectedly.
unverſtänd'lich, unintelligible.
unverwandt', fixedly, steadily.
un'weit, not far from.
unwillkür'lich, involuntary.

Ur'lauber, *m.*, -s, —, soldier on furlough.

Ur'teil, *n.*, -s, -e, sentence, judgement.

V

Va'ter, *m.*, -s, ", father.

Vene'dig, Venice.

verab'schieden, take leave of.

verächt'lich, scornfully.

Veracht'ung, *f.*, disdain.

Verant'wortlichkeit, *f.*, responsibility.

verber'gen (barg, borgen), conceal.

Verbeu'gung, *f.*, bow.

verblich'en, faded.

Verbrech'en, *n.*, -s, crime.

verbring'en, *S.*, pass.

verbun'den, attached.

verdient', *from* verdienen, earn.

verdor'ben, spoiled.

verehrt', honored; Verehrtester, my good man.

Verfah'ren, *n.*, -s, mode of proceedure.

Vergang'enheit, *f.*, past.

verge'hen (ging, gangen), pass (by).

vergel'ten (galt, golten), repay.

vergeſ'ſen (gaß, geſſen), forget.

vergit'tert, barred.

vergön'nen, vouchsafe, give.

verhal'len, die away.

Verhält'niß, *n.*, -ſes, -e, circumstance.

verhan'deln, deliberate on.

Verhand'lung, *f.*, affair, trial.

Verhäng'nis, *n.*, -es, -e, fate, fateful event.

verhin'dern, hinder; prevent.

verhof'fen, hope, expect.

verhol'fen, *S.*, (einem zu etwas), help one to get a thing.

Verhör', *n.*, -s, *in* ins — nehmen, examine (in court).

verhung'ern, starve.

verhung'ert, starved.

Verkauf', *m.*, -(e)s, "e, sale.

Verkehrs'straße, *f.*, highway.

verken'nen (kannte, kannt), fail to recognize.

verküm'mert, neglected.

verlang'en, demand.

Verlang'ende, *m.*, *from* verlangen, desire.

Verlang'te, *n.*, *from* verlangen, demand.

verlaſ'ſen (ließ, laſſen), leave.

Verlaſ'ſenheit, *f.*, forsakenness.

verle'gen, embarrassed.

verlie'ren (lor, loren), lose, vanish.

verlo'ren, lost.

Vermitt'lung, *f.*, intercession, assistance.

vermö'gen (mag, mögen), may, be able.

Vermu'tung, *f.*, suspicion.

verneh'mbar, audible.

verneh'men, *S.*, hear.

vernom'men, *from* vernehmen, *S.*, examine.

verö'det, forsaken.
verrich'ten, do, perform.
verrin'nen (rann, ronnen), pass by.
verſam'meln, assemble.
verſäu'men, miss.
verſchalt', shuttered *or* barred.
verſchämt', embarrassed, bashful.
verſcheucht', frightened.
verſchie'denartig, divers.
verſchla'fen (ſchlief, ſchlafen), spend in sleep.
Verſchlag', *m.*, –s, room, apartment.
verſchoſ'ſen, faded.
verſchüch'tert, timid.
verſchüt'ten, bury, pour out.
verſchwei'gen (ſchwieg, ſchwiegen), keep (a secret) from.
verſetz'en, transport, deal, reply.
verſtat'ten, allow.
verſteckt', hidden.
verſtoh'len, hastily, furtively, unnoticed.
verſtrei'chen (ſtrich, ſtrichen), pass by.
Verſuch'ung, *f.*, temptation.
verteilt', strung along.
vertieft', absorbed.
Vertrau'te, *m.*, good friend.
vertröſt'en (ſich auf etwas), console oneself in expectation of.
verübt', committed.
verun'glückt, killed.
verur'teilen, sentence.
Verwe'genheit, *f.*, temerity.
verwei'len, tarry.
verwen'den, use.
verwil'dert, wild.
verwirk'licht, realized.
verwun'dert, surprised, aston ished.
verwun'det, wounded.
verzeh'ren, eat.
verzich'ten (darauf), forego, dispense with.
verzwei'felt, despairingly.
Viadukt (*V like English*), *m.*, –es, –e, viaduct.
viel, much, many.
vielleicht', perhaps; — doch, perhaps after all.
vier'ſchrötig, coarse.
vier'zig, forty.
Vo'gel, *m.*, –s, ", bird.
Volk, *n.*, -es, "er, people; "lein, *n.*, –s, small company of people.
voll, filled with.
vollbracht', finished.
vollen'den, finish.
vol'lends, especially.
Voll'gefühl, *n.*, –s, proud consciousness.
völ'lig, complete.
vollſtreck'en, execute.
von, of.
voneinander, from one another.
vor, upon, of; before, in front of; — ſich, before her; — ungefähr vier Monaten, about four months ago.

voran', ahead.

Voran'gegangene, *f.*, *from* vorangehen, *S.*, precede; *tr.* the one who had gone on ahead.

voran'leuchten, light (ahead).

voraus'gehen, *S.*, go ahead.

vor'bringen (brachte, gebracht), relate, say.

vor'derhand, for the present.

vor'enthalten, *S.*, keep from.

Vor'gang, *m.*, –es, ⁼e, event.

vor'gebunden, *in* mit –er Schürze, with apron on.

Vor'gemach, *n.*, –es, ⁼er, antechamber.

vor'gequollen, protruding (from their sockets).

vor'greifen, *S.*, intrench upon, forestall.

vor'hin, before.

vo'rig, last.

vor'kommen, *S.*, be admitted, happen.

Vor'mittag, *m.*, –s, –e, forenoon.

vor'schweben, appear; ihr vorschwebte, occurred to her.

vor'setzen (sich), undertake.

vor'stellen, represent, have the shape of.

vorü'ber, past, by.

Vorü'berfahrende, *m.*, (*adj. inflection*), passer-by.

vorü'bergehen, *S.*, pass by.

vorü'berstreifen (aneinander), pass by (each other).

vorü'berziehen, *S.*, pass by.

vor'wärts, forward; — gehen, progress.

vor'weisen (wies, gewiesen), produce.

W

Wach'e, *f.*, guard.

wach'sen (wuchs, gewachsen), grow.

Wachs'koralle, *f.*, artificial coral.

wa'cker, good.

wa'gen, dare, presume; — (sich, auf), risk to return to.

wahr, truthful.

wäh'rend, while, as; *prep.* (*with gen.*), during.

Wahr'heit, *f.*, truth; zur — werden lassen, carry out.

wahr'heitsgetreu, truthfully.

Wald, *m.*, –es, ⁼er, forest; –rand, *m.*, –es, edge of (the) forest.

wäl'zen, roll.

Wand, *f.*, ⁼e, wall.

wan'dern, journey.

Wang'e, *f.*, cheek.

wan'ken, sway, totter.

wann, when.

ward, *see* werden.

Wa're, *f.*, goods.

warm, warm, fervent.

War'nung, *f.*, warning.

war'ten, wait; — auf etwas, wait for something.

warum', why.

was, which; what, how? that,

why? a thing which; — für, what sort of?
Was'ser, *n.*, -s, water; -strahl, *m.*, -s, jet of water.
wech'seln, interchange, change.
we'der — noch, neither — nor.
Weg, *m.*, -es, -e, way, path; journey, trip.
weg'brechen (brach, gebrochen), take, break off.
we'gen, about.
Wēg'stunde, *f.*, hour's walk.
weh, *in* — tun, hurt, pain.
we'he, woe!
weh'mütig, sad.
wēh'ren (sich, *with gen.*), defend.
wēhr'los, defenseless.
Wēhr'lose, *m., from* wehrlos, defenceless.
weib'lich, weaker, feminine.
weich, impressionable.
weil, because.
Wei'le, *f.*, time, while.
Wein, *m.*, -(e)s, -e, wine.
wei'nen, weep; in einem fort —, weep incessantly.
weiß, white.
weit, loose, long, far; von — ein, from the distance.
Wei'te, *f.*, distance.
wei'ter, farther.
wei'terbauen, build farther, continue the construction.
wei'tergehen, *S.*, go on.
weit'hin, far round about, far.
welch'er, -e, -es, which, what.
welk, flaccid, shrivelled.
Welt, *f.*, world, life.
wen'den (sich), (wandte, gewandt), turn; —, (sich an), turn to, apply to.
Wen'dung, *f.*, turn, flourish.
we'nig, few, little; ein klein —, a bit of; die wenigsten, but few; noch we'niger, still less, less.
wenn, if, when; — gleich, even if.
wer, who.
wer'den (wurde, *or* ward, geworden), become; zu teil —, accrue to; da ward es ihm, it seemed to him.
wer'fen (warf, geworfen), throw, cast, hang.
Werk'zeug, *n.*, -es, -e, tool(s).
We'sen, *n.*, -s, being, nature, body.
weshalb', why.
wet'tern, storm.
wick'eln, roll up, wrap.
wi'der, against.
Wi'derspruch, *m.*, -es, ⸗e, protest.
wie, like, as, as if, how.
wie'der, again.
Wiederher'stellung, *f.*, repairs.
wiederho'len, repeat.
Wie'ner=Neustadt, Wiener-Neustadt.
wie'der, again.
wiederho'len, repeat.
Wie'se, *f.*, meadow.

Wie'sengrund, *m.*, meadow.
Wild, *n.*, -(e)s, game, wild animals.
wild, violent.
Wil'le, *m.*, -en, *in* wider -n, against his will; -nskraft, *f.*, will-power.
wil'lig, willing.
willkom'men, welcome.
wim'meln, swarm.
win'den (wand, gewunden), wind.
Wind'hauch, *m.*, -s, -e, breath of air, breeze.
Wink, *m.*, -es, -e, suggestion, sign.
Win'kel, *m.*, -s, —, corner.
win'zig, small.
Wip'fel, *m.*, -s, —, top.
wir, we.
Wir'bel, *m.*, -s, tumult (of the dance).
wir'ken, act.
wirk'lich, really, to be sure, sure, real.
Wirt, *m.*, -es, -e, host, innkeeper.
Wirts'haus, *n.*, -es, ¨er, hotel, inn.
wis'sen (wußte, gewußt), know; Weiß Gott, God knows.
wo, where, when.
wobei', in which connection, while, doing which.
Wo'che, *f.*, week; -n um -n, weeks and weeks; -nlohn, *m.*, -s, ¨e, weeks's wages.
wo'gend, surging.
wohin', whither.
wohl, indeed, presumably; um so wohler tun, be all the more welcome; wohl sein, be happy.
wohl'empfindend, sympathetic.
wohl'gefallen (gefiel, gefallen), please.
wohl'tun, do good.
Wol'ke, *f.*, cloud.
wol'len, will, like, wish.
wol'len, woolen.
Wort, *n.*, -es, -e *or* ¨er, word.
wovon', from which.
wozu', for what.
wuch'ern, grow rank.
Wuchs, *m.*, -es, stature, form.
Wucht, *f.*, weight, importance, bulk, force.
wun'derlich, strangely.
wun'der nehmen, *S.*, surprise, astonish.
wun'dern (sich), wonder, be surprised.
wun'dersam, wonderfully.
Wun'derwerk, *n.*, -s, -e, miracle(s).
wünsch'en, wish.
wur'zeln, stand, grow.
wüst, vulgar, uninviting, vile, wild.
Wut, *m.*, -es, rage.
wü'ten, rage.
wü'tend, enraged.

Z

Zahl, *f.*, number.
zahl'los, innumerable.
zärtlich, *in* — mit mir tun, fondle me.
Zärt'lichkeit, *f.*, tenderness.
Zau'ber, *m.*, -s, charm.
Zech'genosse, *m.*, drinking companion.
zag'haft, hesitating, timid.
zahl'reich, numerous.
zech'en, carouse, drink.
Zei'chen, *n.*, -s, —, token, mark, sign.
zei'gen (sich), become evident, show.
Zei'le, *f.*, line.
Zeit, *f.*, time; von — zu —, from time to time, now and again; die längste —, as long as may be.
Zeit'lang, *f.*, period, time.
zerle'gen, cut.
zerscherbt', broken.
zerschla'gen (schlug, schlagen), break, crush.
Zet'tel, *m.*, slip of paper; -chen, *n.*, -s, small slip of paper.
Zeu'ge, *m.*, -n, -n, witness.
Zie'ge, *f.*, goat.
zie'hen (zog, gezogen), enter, come in, draw, go.
ziem'lich, quite.
zier'lich, dainty, pretty.
Zim'mer, *n.*, -s, —, room.
zit'tern, tremble.
zö'gernd, reluctantly.
Zopf, *m.*, -es, ⸚e, braid.
Zorn, *m.*, -es, anger.
zu, too, to.
zu'bereitet, prepared.
zu'dem, moreover.
zuerst', first.
zu'fällig, accidentally.
zufrie'den, contented.
Zug, *m.*, -es, ⸚e, procession, trace, train, facial lineament.
zu'hören (*with dat.*), listen (to).
Zu'kunft, *f.*, future.
zuletzt', at last, finally.
zum = zu dem.
zumal', especially.
zur = zu der.
zurück', back.
zurecht'drücken, arrange.
zurück'eilen, hurry back.
zurück'geben (gab, gegeben), return.
Zurück'gebliebene, *m.*, *from* zurückbleiben, *S.*, remain behind.
zurück'kehren, return.
zurück'kommen, *S.*, return.
zurecht'legen, arrange.
zurück'lehnen, lean back.
zurück'schlagen, *S.*, push back.
zurück'treiben (trieb, getrieben), drive back.
zurück'weichen (wich, gewichen), recede.
zurück'weisen (wies, gewiesen), refuse, reject.

zurück'ziehen (zog, gezogen), withdraw.

zu'rufen, *S.*, call to.

zusam'men, in common.

zusam'menfinden (fand, gefunden), assemble, meet, come together; —, *S.* (sich), draw towards one another.

zusam'mengewickelt, folded.

zusam'mennehmen (nahm, genommen), collect.

zusam'menschlagen, *S.*, clash.

zusam'menschließen (schloß, geschlossen), meet.

zusam'mentreffen, *S.*, meet.

zusam'menziehen (sich), (zog, gezogen), come; knit, contract.

zu'schieben (schob, geschoben), push towards.

zu'schreiten (schritt, geschritten), (auf etwas), advance towards (a thing), stride; auf die Hütte —, go towards the hut.

zu'sehen, *S.*, look on.

zu'sprechen, *S.*, encourage.

Zu'stand, *m.*, –es, ⸚e, condition.

zustan'de kommen, succeed.

zu'stürzen (auf einen), rush at one.

Zu'versicht, *f.*, confidence.

zu'versichtlich, confidently.

zuwe'ge bringen (brachte, gebracht), make, prepare.

zuwei'len, now and then.

zwei, two.

zwar, to be sure, indeed.

Zwei'fel, *m.*, –s, —, doubt.

zweit, second.

Zwie'licht, *n.*, –es, twilight.

zwing'en (zwang, gezwungen), force, oblige.

zwisch'en, between, among.

zwit'schern, chirp.

zwölft, twelfth.

Modern German Texts

Baker's German Stories. Edited by G. M. Baker of the William Penn Charter School, Philadelphia. A collection of seven short stories by modern German writers. *New Edition.* 40 cents.

Baumbach: Das Habichtsfräulein. Edited by M. C. Stewart of Union College. *Vocabulary.* 40 cents.

—— **Der Schwiegersohn.** Edited by Otto Heller of Washington University, St. Louis. *Vocabulary and Exercises.* 40 cents.

—— **Sommermärchen.** Edited by E. S. Meyer of Western Reserve University. *Vocabulary.* 35 cents.

Chamisso: Peter Schlemihl. Edited by Frank Vogel of the Mass. Institute of Technology. 25 cents.

Ebner-Eschenbach: Lotti die Uhrmacherin. Edited by G. H. Needler of the University of Toronto. 35 cents.

Eichendorff: Aus dem Leben eines Taugenichts. Edited by G. M. Howe, Colorado College. *Vocabulary.* 40 cents.

Fouqué: Undine. Edited by H. C. G. von Jagemann of Harvard University *Vocabulary.* 50 cents.

Freytag: Die Journalisten. Edited by Calvin Thomas of Columbia University. 30 cents.

—— **Karl der Grosse. Nebst zwei anderen Bildern aus dem Mittelalter.** Edited by A. B. Nichols of Simmons College. 75 cents.

Fulda: Der Dummkopf. Edited by W. K. Stewart of Dartmouth College. [*In press.*]

—— **Der Talisman.** Edited by E. S. Meyer of Western Reserve University. 40 cents.

—— **Unter vier Augen, and Benedix: Der Prozess.** Edited by Wm. A. Hervey of Columbia. *Vocabulary.* 35 cents.

Gerstäcker: Germelshausen. Edited by L. A. McLouth of New York University. *Vocabulary and Exercises.* 35 cents.

—— **Irrfahrten.** New Edition. Edited by Marian P. Whitney of Vassar College. *Vocabulary and Exercises.* 40 cents.

Grillparzer: Die Ahnfrau. Edited by F. W. J. Heuser of Columbia University and G. H. Danton of Leland Stanford Jr University. *Vocabulary.* 80 cents.

—— **König Ottokar's Glück und Ende.** Edited by C. E. Eggert of the University of Michigan. 60 cents.

Modern German Texts (*Continued*)

Hauff: Lichtenstein. Edited by J. P. KING of Williams College. 80 cents.

Hauptmann: Die Versunkene Glocke. Edited by T. S. BAKER of the Tome Institute. 80 cents.

Hebbel: Herodes und Mariamne. Edited by E. S. MEYER of Western Reserve University. 70 cents.

Heyse: Anfang und Ende. *New Edition.* Edited by L. A. McLOUTH of New York University. 40 cents.

—— **Die Blinden.** Edited by W. H. CARRUTH and E. F. ENGEL of the University of Kansas. *Vocabulary and Exercises.* 40 cents.

—— **Das Mädchen von Treppi.** Edited by C. F. BRUSIE. *Vocabulary.* 35 cents.

—— **L'Arrabbiata.** Edited by MARY A. FROST, late of the German Department of Smith College. *Vocabulary.* 35 cents.

Hillern: Höher als die Kirche. Edited by MILLS WHITTLESEY. *Vocabulary.* 35 cents.

Hoffmann: Das Fräulein von Scuderi. Edited by GUSTAV GRUENER of Yale University. 35 cents.

—— **Meister Martin der Küfner.** Edited by R. H. FIFE of Wesleyan University, Ct. 40 cents.

Keller's Legenden. Edited by MARGARETHE MÜLLER and CARLA WENCKEBACH of Wellesley College. *Vocabulary.* 35 cents.

Leander: Träumereien. Edited by IDELLE B. WATSON. *Vocabulary and Exercises.* 40 cents.

Ludwig: Der Erbförster. Edited by M. C. STEWART of Union College. 35 cents.

Meissner: Aus Deutschen Landen. Von M. MEISSNER. With notes by C. W. PRETTYMAN of Dickinson College, and *Vocabulary* by JOSEPHA SCHRAKAMP. 45 cents.

—— **Aus meiner Welt.** Von M. MEISSNER. Edited by CARLA WENCKEBACH. *Vocabulary.* 40 cents.

Meyer: Der Heilige. Edited by C. E. EGGERT of the University of Michigan. 80 cents.

Moltke: Die Beiden Freunde. Edited by K. D. JESSEN of Bryn Mawr College. 35 cents.

Modern German Texts (*Continued*)

Moser: Der Bibliothekar. New Edition. Edited by H. A. FARR of Yale University. *Vocabulary.* 40 cents.

—— **Ultimo.** Edited by C. L. CROW of the University of Florida. 35 cents.

Riehl: Burg Neideck. Edited by ARTHUR H. PALMER of Yale University. *Vocabulary.* 35 cents.

—— **Der Fluch der Schönheit.** Edited by FRANCIS L. KENDALL. *Vocabulary* by GEO. A. D. BECK. 35 cents.

Rosegger: Die Schriften der Waldschulmeisters. Edited by L. FOSSLER of the University of Nebraska.

Saar: Die Steinklopfer. Editor by CHAS. H. HANDSCHIN of Miami University and E. C. ROEDDER of the University of Wisconsin. *Vocabulary.* 35 cents.

Scheffel: Der Trompeter von Säkkingen. Edited by MARY A. FROST. New Edition, prepared by CARL OSTHAUS of Indiana University. 80 cents.

—— **Ekkehard.** An Unabridged Edition. Edited by W. H. CARRUTH of the University of Kansas. $1.25.

Storm: Immensee. Edited by ARTHUR W. BURNETT. *Vocabulary and Exercises.* 25 cents.

—— **Auf der Universität.** Edited by R. N. CORWIN of Yale University. *Vocabulary.* [*In press.*]

Sudermann's Frau Sorge. Edited by GUSTAV GRUENER of Yale University. 80 cents.

—— **Teja.** Edited by HERBERT C. SANBORN, Bancroft School, Worcester, Mass. *Vocabulary.* 35 cents.

Werner: Heimatklang. Edited by M. P. WHITNEY of Vassar College. *Vocabulary.* 40 cents.

Wilbrandt: Jugendliebe. Edited by THEODORE HENCKELS of Middlebury College. *Vocabulary.* 35 cents.

Wildenbruch: Das edle Blut. Edited by A. K. HARDY of Dartmouth College. *Vocabulary and Exercises.* 35 cents.

Wilhelmi: Einer muss heiraten, and Benedix: Eigensinn. New Edition. Edited by WILLIAM A. HERVEY of Columbia University. *Vocabulary.* 35 cents.

HENRY HOLT AND CO. **34 West 33d Street New York**

German Classical Texts

Goethe: Dichtung und Wahrheit. Selections. Edited by H. C. G. von Jagemann of Harvard. 80 cents.

—— **Egmont.** Edited by R. W. Deering of Western Reserve University. 70 cents.

—— **Faust.** Erster Teil. Edited by Julius Goebel of the University of Illinois. $1.12.

—— **Götz von Berlichingen.** Edited by Frank P. Goodrich of Williams College. 70 cents.

—— **Hermann und Dorothea.** Edited by Calvin Thomas of Columbia University. *Vocabulary.* 40 cents.

—— **Iphigenie auf Tauris.** Edited by Max Winkler of the University of Michigan. 70 cents.

—— **Poems.** Edited by Julius Goebel of the University of Illinois. 80 cents.

Lessing: Minna von Barnhelm. Edited by A. B. Nichols of Simmons College. 60 cents. *With vocabulary,* 75 cents.

—— **Nathan der Weise.** Edited by H. C. G. Brandt of Hamilton College. 70 cents.

Schiller: Der Neffe als Onkel. Edited by F. B. Sturm of the University of Iowa. *Vocabulary.* 35 cents.

—— **Die Braut von Messina.** Edited by Arthur H. Palmer of Yale University and Jay G. Eldridge of the University of Idaho. 70 cents.

—— **Die Jungfrau von Orleans.** Edited by A. B. Nichols of Simmons College. 60 cents. *With vocabulary,* 75 cents.

—— **Geschichte des dreissigjährigen Kriegs. Drittes Buch.** Edited by A. H. Palmer of Yale. *Vocabulary.* 45 cents.

—— **History of the Thirty Years' War.** Selections. Edited by A. H. Palmer of Yale. 80 cents.

—— **Maria Stuart.** Edited by Edward S. Joynes of South Carolina College. 60 cents. *With vocabulary,* 75 cents.

—— **Minor Poems.** Edited by John S. Nollen. 80 cents.

—— **Wilhelm Tell.** Edited by Arthur H. Palmer of Yale. 60 cents. *With vocabulary,* 75 cents.

by

ve

he

H

of

e

f

Zeitfracht Medien GmbH
Ferdinand-Jühlke-Straße 7
99095 Erfurt, Deutschland
produktsicherheit@kolibri360.de